Sternschnuppenregen

von Miriam Rademacher

Eine Novelle
Edition Alea Deseo

Auflage 2 | April 2020

Titelbildgestaltung: Viktoria Lubomski

Satz: Michaela Harich

Lektorat: Tatjana Nikisch

ISBN 978-3-945814-03-1

Eins

»Theda! Theda, komm her und hilf deinem Vater, die Milchkannen aufzuladen! Ist es denn so schwer, deinen Eltern eine Hilfe zu sein?«

Schwungvoll stieß Theda die Forke, mit der sie gerade noch frische Einstreu für die Kälber verteilt hatte, in den Heuhaufen und brüllte zur Stalltür hinaus:

»Für mich nicht! Ich bin seit fünf Uhr auf den Beinen und tue nichts Anderes! Aber warum kann Mattis sich nicht auch einmal nützlich machen?«

»Dein Bruder hilft unserem Nachbarn beim Aufstellen der Weidezäune«, brüllte ihr Vater genauso laut zurück. »Also lass dich nicht lange bitten, Mädchen und pack endlich mit an!«

Theda seufzte ärgerlich, stapfte die Stallgasse entlang und zupfte sich dabei mit beiden Händen Heureste aus ihrem schulterlangen, braunen Haar. Laut knallten ihre Holzschuhe auf den Bodendielen.

»Guck dich nur mal an, wie du wieder aussiehst. Als ob du im Stall geschlafen hättest. Du weißt, was deine Mutter dazu sagen wird, wenn sie dich ohne Haube und mit Heu in den Haaren erwischt.«

Theda holte gerade Luft, um ihrem Vater die passende Antwort zu geben, verstummte aber, als ihr Blick von den vielen Milchkannen neben dem Leiterwagen zu ihrem Vater wanderte, der an einem ganz normalen Arbeitstag sein bestes Hemd und auffallend saubere Beinkleider trug.

Matthias Barrer war ein stattlicher Mann, groß und breitschultrig und einer der reichsten Milchbauern im Dorf. Doch, dass er im Sonntagsstaat die Milch auslieferte, war eher ungewöhnlich.

Theda krauste ihr kleines Stupsnäschen und stemmte

die Hände in die schlanke Taille.

»Du verrätst mir auf der Stelle, wo diese Fuhre hingeht, oder du kannst die schweren Kannen allein aufladen.«

»Freche Göre! Wie kommst du darauf, dass dich das irgendetwas angeht?« Seine Stimme klang streng, doch seine Augen lachten und straften seine Worte Lügen.

Theda grinste spitzbübisch, wurde jedoch ernst, als ihre Mutter, mehrere in Tücher eingeschlagene Käselaibe auf dem Arm, durch die Tür des Wohnhauses trat und sich mit schnellen Schritten näherte. Mit der Mutter war nicht gut Kirschen essen.

»Theda! Sieh dich nur an! Sofort gehst du ins Haus und setzt deine Haube auf! Und beeile dich! Dein Vater braucht eine helfende Hand!«

Dem Vater zu widersprechen war Eines, der Mutter jedoch etwas völlig Anderes. Nicht, dass Theda ihr nicht dennoch gerne widersprochen hätte. Doch in diesem Moment hätte ein Streit mit der Mutter nur dem Vater die gute Laune verdorben und das war nicht in Thedas Sinne. Und so klapperte Theda rasch und mit gesenktem Kopf ins Wohnhaus, nahm in der langen, weiß getünchten Diele eine schlichte helle Haube von einem der Wandhaken und schob ihre volle, lockige Haarpracht unter die Schute. Missmutig band sie eine feste Schleife unter dem Kinn, lief wieder hinaus zum Leiterwagen und begann schnell und ohne Widerworte mit dem Aufladen der Milchkannen.

Als ihr Vater und sie gleichzeitig die letzten Kannen auf die Ladefläche schoben, raunte er ihr zu:

»Ich fahre zum Jagdschloss hinaus. Willst du mitkommen?«

Theda riss die Augen auf und spürte, wie ihr Herz einen Satz machte.

»Zum Schloss? Oh ja, bitte! Ich habe es nicht mehr gesehen, seit der Bauherr seine Arbeit für beendet erklärt hat und das ist ja schon Jahre her.«

»Nur zwei.«

»Trotzdem würde ich es gern sehen! Ist es endlich bewohnt? Ist der Kurfürst da? Hat er Gäste mitgebracht?«

»Freilich ist er da. Wem würde ich sonst die Milch bringen? Zwei Jahre hat das Schloss im Wald geschlafen wie ein neugeborenes Baby. Jetzt ist der Herr da und mit ihm unzählige Gäste, die die Gästehäuser füllen und sie alle haben noch ihre Diener dabei. In diesen Tagen geht es dort draußen zu wie auf dem Wochenmarkt und die feine Gesellschaft will natürlich versorgt sein. Von der Jagd auf den Hirsch allein kann ja niemand leben, nicht wahr?«

»Werden wir die Gäste sehen, Vater? Die feinen Damen in ihren edlen Kleidern und die Jäger in ihren roten Röcken?«

»Du nicht, mein Kind. Du bleibst hier, kümmerst dich um die Kälber und um deine Schwester. Die kleine Lieselotte hängt mir sonst den ganzen Tag am Rockzipfel«, mischte sich da die Mutter mit energischer Stimme ein, während sie weitere Käselaibe herantrug.

»Und wer soll mir helfen, die Milch und den Käse wieder abzuladen? Du weißt doch, mir schmerzt so schnell das Kreuz. Und war Theda in den letzten Tagen nicht ausgesprochen folgsam? Ich denke, das können wir belohnen.« Die Stimme des Vaters hatte einen schmeichelnden Unterton bekommen. Er wusste, wie er seine Frau zu nehmen hatte.

»Matthias! Versuch nicht, mich einzuwickeln! Es geht dir gar nicht um dich und deinen Rücken, sondern nur um Theda. Du verziehst das Mädchen vor meinen Augen und du weißt sehr wohl, was ich davon halte.«

Theda wollte aufbegehren, doch ihr Vater stieß sie in die Seite und warf seiner Frau einen Blick zu, den außer ihm nur noch die Kühe im Stall beherrschten.

»Deine Tochter hat den Kopf voller Flausen. Eskapaden dieser Art machen es nicht besser.«

Theda spürte, wie ihr die heiße Röte in die Wangen schoss. Die Mutter war ungerecht, wie fast immer. Sie öffnete den Mund, um sich zu verteidigen und spürte erneut den Ellenbogen des Vaters in der Seite. Die Intensität des Blickes, mit dem er seine Frau bedachte, steigerte sich weiter. Einen Moment lang herrschte Stille.

Theda wagte kaum zu atmen, während sie ihrer Mutter beim Nachdenken zusah. Und kaum schlug die große, stämmige Bauersfrau die Augen nieder, da entfuhr Theda ein lauter Jubelschrei.

»Aber, dass ihr zwei mir bald zurück seid! Und sprich nicht mit den feinen Herren! Das gehört sich nicht für dich, Theda. Nur knicksen und nicken, hörst du?«

Theda schwang sich neben ihren Vater auf den Bock und nickte probehalber schon einmal eifrig. Sie hätte der Mutter alles versprochen, wenn sie sie nur mitfahren ließ.

Ihre Mutter rief noch gute Ratschläge, während das Pferdefuhrwerk sich bereits in Bewegung setzte. Kaum waren sie vom Hof gerollt, da riss Theda sich die kratzende Haube vom Kopf, stopfte sie unter ihr Schürzenband und jauchzte vor Freude.

Matthias Barrer schüttelte den Kopf. »Theda, Theda. Musst du die Vorwürfe deiner Mutter immer im Handumdrehen bestätigen?«

Theda begehrte auf: »Sie ist nicht gerecht! Ich schufte den lieben langen Tag, mache alles, was man mir sagt und bin ein wahres Musterexemplar an Gehorsam. Aber sie verlangt immer noch mehr von mir! Ich kann es ihr einfach nicht recht machen. Wen kümmert es, ob ich eine Haube trage, ob ich sauber und sittsam bin, solange ich im Stall sitze und die Kühe melke?«

»Die Mutter will nur dein Bestes. Das Leben wird dir leichter fallen, wenn du dich an die Regeln hältst, Theda. Deine Mutter macht sich Sorgen wegen deiner ungestümen Art und deinem Temperament.«

»Ich frage mich manchmal, ob sie selber immer brav und vernünftig war. Hat sie einfach nur vergessen, wie es ist jung zu sein? Ich kann einfach nicht tagein, tagaus arbeiten und fromme Gedanken pflegen. Schon gar nicht, wenn die Sonne scheint.« Schmunzelnd legte sich ihr Vater die Zügel in den Schoß, lehnte sich zurück und ließ sich vom Rumpeln der Räder schaukeln.

Der Maitag war warm, und als sie die letzten Häuser des Dorfes hinter sich ließen und Theda die Schmetterlinge am Wegrand tanzen sah, begann sie laut und fröhlich zu singen. Was für ein wundervoller Tag. Sie war dem dunklen Kuhstall und seinen scharfen Gerüchen entronnen, ebenso wie dem gestrengen Blick ihrer Mutter. Der Tag gehörte ihr und mit etwas Glück, würde sie sogar einen Blick auf die Jagdgesellschaft des Kurfürsten werfen können.

Träge zockelte der graue Zosse über den breiten Sandweg. In der Ferne erspähte Theda eine schmale Gestalt am Wegrand. Sie trug einen Korb über dem Arm, ein Schultertuch und dunkle Röcke trotz des warmen Tages. Als Gestalt und Fuhrwerk sich einander näherten, erkannte Theda ihre Freundin Christine, die Tochter des Bäckers. Christine, ein eher stilles Mädchen, war seit Kindesbeinen an Thedas engste Verbündete. Übermütig riss Theda beide Arme in die Höhe und winkte wild. »Christine! Wir fahren zum Schloss! Ich werde Edelleute und Damen der Gesellschaft sehen!« Aus den Augenwinkeln bemerkte Theda das nachsichtige Kopfschütteln ihres Vaters, doch Christine reagierte so, wie sie es erhofft hatte. Das Mädchen ließ fast den Korb fallen, riss Mund und Augen auf und starrte Theda mit einer Mischung aus Neid und Ehrfurcht an.

Während der Leiterwagen an ihr vorbei ruckelte, war Christine stehengeblieben, sah zu Theda hinauf und brachte kein Wort heraus. Theda war schon fast an ihr vorüber, als Christine rief: »Erzählst du mir später alles?«

»Heute Abend!«, rief Theda über die Schulter und winkte noch einmal. Dann stieß sie ihrem Vater in die Seite: »Können wir nicht ein wenig schneller fahren? Ich bin ja so aufgeregt!«

»Vielleicht hätte ich dich doch nicht mitnehmen sollen. Am Ende bringst du nichts, als verrückte Ideen mit heim. Und die arme Christine wirst du auch verrückt machen.«

»Aber nein! Ich werde ihr die Kleider und Frisuren der Damen beschreiben und ob es auch junge und gut aussehende Herren gab. Und dann werden wir ein wenig mit unseren Haaren herumprobieren und mit den Schnitten unserer Sonntagskleider ...«

»Siehst du, das ist exakt das, was deine Mutter befürchtet. Vergiss nicht, wohin du gehörst, Theda! Weder die Kleider noch die Frisuren der feinen Damen werden von euch in irgendeiner Weise nachgeahmt. Bin ich verstanden worden? Mich trifft der Schlag, wenn ich euch in einer solchen Kostümierung auf dem Dorfplatz sehen muss. Und deine Mutter sperrt dich für Wochen im Haus ein.«

Theda gab ihrem Vater einen flüchtigen Kuss.

»Natürlich, Papa. Ich mach doch nur Spaß.«

Ihr Vater gab ein Brummeln von sich, schien aber beruhigt. Theda wusste jedoch genau, dass sie gelogen hatte. Konnte es etwas Aufregenderes geben, als die Jagdgesellschaft des Kurfürsten zu sehen und sei es auch nur für einen kurzen Augenblick aus der Ferne? Natürlich würden hinterher die Sonntagskleider für ein paar Experimente herhalten müssen. Ändern konnte man sie ja immer noch wieder.

***

Bald darauf rumpelte der Leiterwagen eine künstlich angelegte Allee aus Laubbäumen hinauf, an deren Ende ein hoher Backsteinbau mit rotem Kupferdach durch das zarte Grün der jungen Bäume schimmerte.

»Diese Bäume sind alle noch so zart. Wie wird es wirken, wenn sie sich hoch in den Himmel erheben und ein gewaltiges Laubdach bilden?« überlegte Theda laut und betrachtete die kleinen Linden und Eichen fast liebevoll.

»Sie werden sich niemals hoch in den Himmel erheben. Diese Bäume werden gestutzt gehalten, solange es sie gibt. So hat es der Architekt beschlossen, so wird es geschehen«, antwortete ihr Vater und hielt jetzt achtsam die Zügel fest, als habe er Angst, das Pferd könnte unbesonnen die Allee hinauf stürmen.

»Das klingt traurig, findest du nicht? Niemals so groß werden zu dürfen, wie man könnte?«

»Es sind Alleebäume, Theda. Sie haben auch ihren Platz im Leben.«

Theda richtete den Blick nach vorn und sah das Schloss. »Warum, um Himmels willen, hat es ein Kupferdach? Ich meine, das passt doch so gar nicht zu dem roten Backstein. Die Farben beißen sich regelrecht!«

»In ein paar Jahren werden die Kupferplatten grün angelaufen sein. Das wird wunderschön aussehen.«

»In ein paar Jahren? Der Kurfürst scheint ein geduldiger Mensch zu sein.«

Den Schlosshof erreichend, faszinierte Theda sofort das sternförmig angelegte Terrain. Acht gleiche Gebäude umstanden das vierflügelige Hauptschloss inmitten eines gepflegten Rasens, der von acht Wegen durchteilt, wurde, die strahlenförmig auf den Mittelbau zuliefen.

»Wie sollen wir jetzt nur das Küchengebäude finden? Es ist von den umstehenden Gästehäusern nicht zu unterscheiden« seufzte Matthias Barrer. Theda ließ den Blick schweifen.

Überall auf den Sandsteinwegen herrschte reges Treiben. Bedienstete liefen hin und her, trugen Gegenstände und Koffer von Gästehaus zu Gästehaus, riefen sich etwas zu und schienen guter Dinge. Da entdeckte Theda einen jungen Mann in brauner

Livree, der ganz in ihrer Nähe an der Mauer eines Gästehauses lehnte und lächelnd zu ihr herüber blickte.

»Heda! Du! Bursche! Wo finden wir die Küche?«

»Theda, was ist in dich gefahren? Du kennst den Herrn doch gar nicht. Was, wenn er kein Diener ist?«

Doch der junge Mann mit dem im Nacken zu einem Zopf geflochtenen Haar trat mit einem freundlichen Lächeln näher und musterte Theda aufmerksam. Theda hielt seinem Blick mühelos stand. »Also?«, fragte sie. »Die Küche? Wo finden wir sie. Alle Gebäude sehen gleich aus.«

»Das stimmt nicht ganz, wertes

Fräulein. Seht Ihr das zweite Gebäude zur Linken? Es hat einen langen Anbau, der den anderen Gästehäusern fehlt.«

»Ah, dann befindet sich dort die Küche.«

»Nein. Denn bei genauerer Betrachtung weist das Gebäude einen Kirchturm auf. Es handelt sich um die Kapelle. Könnt Ihr eine Küche nicht von einer Kapelle unterscheiden?« Das Lächeln des jungen Mannes wurde frecher, während Theda eine leichte Röte in die Wangen schoss. Der Mann fuhr fort:

»Die Küche hat einen ähnlich langen Anbau, aber keinen Turm. Sie befindet sich jetzt genau hinter dem Hauptschloss. Nehmt den Rundweg, der euch an allen Gästehäusern vorbeiführt, und zählt bis fünf. Das fünfte Haus ist die Küche. Ihr hättet es möglicherweise aber auch am

Geruch erkannt.«

Theda, die gerade erst ihre Sprache wiederfand, suchte noch nach einer passenden Antwort, doch ihr Vater bedankte sich eilfertig bei dem jungen Herrn und lenkte den Wagen auf den Rundweg. Theda zählte bei jedem Gästehaus, das sie passierten, leise mit. Zwischen allen Gebäuden lagen Alleen aus Laubbäumen, die auf das Schloss zuführten, doch nicht alle waren für Fuhrwerke gemacht. Manche bestanden nur aus einer endlos langen, grünen Grasfläche.

Am fünften Gebäude hielten sie an, und noch bevor sie sich bemerkbar machen konnten, öffnete sich die große Vordertür und ein kahlköpfiger Herr in Livree forderte sie auf, um das Gebäude herum zu fahren, bis sie an ein großes Tor kamen.

Eilig gehorchte sie.

Das große Tor stand offen und im Halbdunkel des Innern konnte Theda eine Reihe von Gestalten hektisch umherlaufen sehen.

»Die Milch! Die Milch ist da! Und der Käse auch, dem Herrgott sei gedankt. Schnell herein damit, die Damen erwarten bereits den nächsten Gang!«

Theda sprang vom Kutschbock, riss eine der schweren Kannen von der Ladefläche und lief der Dame, die den Ausruf getan hatte, entgegen.

»Wohin darf ich die Kannen stellen?«

Statt einer Antwort griff ihr die dralle Rotgesichtige mit der blütenweißen Küchenschürze unter das Kinn und blickte ihr prüfend ins Gesicht. »Wie alt bist du, Mädchen?«

»Sech ...sechzehn«, stotterte Theda verwirrt und versucht den Kopf zu wenden, um sich nach ihrem Vater umzusehen, doch die Fremde hielt ihr Kinn energisch fest.

»Alt genug, um ein paar Teller zu tragen, ohne sie fallen zu lassen, möchte man meinen!«

»Sich ...sicher.«

»Gut. Bauer, hör her: Mir ist eines meiner Mädchen
ausgefallen. Das tollpatschige Ding hat sich den Arm am
Bratenwender verbrannt.«

Thedas Blick huschte erneut ins Innere des Gebäudes
und nun entdeckte sie ein Mädchen, etwa in ihrem Alter,
dessen flachsblonde Haare ihr aus der Haube gerutscht
und in das tränennasse Gesicht gefallen waren. Das Mädchen hielt mit ihrer Rechten das linke Handgelenk umklammert und nun sah Theda die flammend rote Brandverletzung am Unterarm des Mädchens.

Armes Ding, dachte sie. Eine Verletzung dieser Größe
würde sicher nicht ohne Narbenbildung verheilen.

»Deine Tochter kann die Arbeit der Kleinen übernehmen. Was sagst du, Bauer?«

»Das wird kaum möglich sein. Theda wird auf dem
Hof gebraucht. Ich muss sie wieder mit zurückbringen.«

»Der Kurfürst erwartet von niemandem, dass er umsonst arbeitet. Er zahlt gut. Bist du sicher, dass du darauf
verzichten willst?« fragte die Köchin in barschem Ton
und ließ Thedas Kinn los.

»Bitte ... Vater«, flüsterte Theda eindringlich und presste
tatsächlich die Handflächen wie zum Gebet aneinander.
»Lass mich doch die Arbeit machen. Denk an das Geld,
das wir der Mutter nach Hause bringen.«

»Sie muss auch nicht allein gehen, Bauer Barrer. Theda
und ich haben fast den gleichen Heimweg. Ich werde sie
heute Abend bis zum Dorfanfang bringen. Dann müssen
sie nicht wieder herkommen, um sie abzuholen. So weit
ist es ja nicht.«

»Hanna!«, rief Theda überrascht und freudig zugleich,
als sie die nur wenige Jahre Ältere wiedererkannte. Hanna, eine hochgewachsene Schönheit mit einem Gesicht
voller niedlicher Sommersprossen, besuchte jeden Sonntag die gleiche Kirche wie die Barrers und war auch ihrem
Vater ein vertrautes Gesicht. Theda schaute zurück zu

ihrem Vater und blickte ihn mit weit aufgerissenen Augen bittend an.

Bauer Barrer gab sich geschlagen.

»Also schön, na gut. Aber, dass du mir auf dem Heimweg nicht trödelst.«

»Das wäre also geklärt. Wenn du mir jetzt noch diesen Unglückswurm aus den Augen schaffst und es auf deinem Rückweg bei ihren Elternhaus absetzt, bekommt deine Tochter einen zusätzlichen Lohn.«

Bauer Barrers Blick fiel auf das weinende Mädchen mit der Brandverletzung und er antwortete: »Wäre es nicht besser, die Kleine zum Hügelhof zu bringen? Die junge Bauersfrau kennt sich mit Heilkräutern und Verletzungen aus.«

»Das ist mir egal. Tu, was du für richtig hältst. Und jetzt schafft mir die Milch herein! Hanna, du kümmerst dich um unseren Neuzugang. Und Beeilung, wenn ich bitten darf.«

Endlich entkam Theda dem strengen Blick der Rotgesichtigen. Hanna griff nach ihrer Hand und zog sie in das Küchengebäude, hinein in herrliche Düfte und feuchte Dämpfe, die hoch in das Gewölbe über ihr hinaufstiegen und der Schlossküche etwas Unwirkliches gaben.

»Hier, siehst du die Teller? Wir müssen sie ins Hauptschloss hinüber schaffen. Dort warten die Damen auf Käse und Früchte.«

Wie in Trance starrte Theda auf die bemalten Teller aus feinstem Porzellan. Blüten und Ranken schmückten die goldgeränderten Unikate. Theda hatte noch nie zuvor Teller wie diese gesehen und wagte fast nicht, sie zu berühren. Hanna hatte derweil Früchte und Scheiben des frisch angelieferten Käses auf einem der Teller drapiert und verfuhr bereits bei einem weiteren auf die gleiche Weise.

»Siehst du? So geht das. Es ist ganz einfach. Mach es

mir nach.« Theda ergriff den schon geschnittenen Käse und richtete die Stücke ähnlich Hannas Vorgaben an. Dann nahm sie Trauben und Beeren und garnierte so gut sie es eben vermochte. »Großartig, Theda. Du bist ein Talent. Die arme Sofie war wirklich für alles zu ungeschickt. Nicht nur für den Bratenwender.« Hanna seufzte und richtete einen weiteren Teller an.

»Aber sie brauchen hier jede helfende Hand, die sie bekommen können, solange die Jagdgesellschaft auf dem Schloss ist.«

»Ich dachte, der Kurfürst und seine Gäste bringen ihr eigenes Personal mit«, erwiderte Theda und legte eine Hand voll Blaubeeren neben die Trauben.

»Ach, sie haben nicht genug mitgebracht! Für einfache Mädchen wie uns beide eine hervorragende Möglichkeit, etwas Geld zu verdienen, findest du nicht?«

»Ja, aber hätte er als Kurfürst nicht das Recht, unsere Dienste einzufordern?«, fragte Theda noch immer verwirrt.

»Hätte er schon. Aber er weiß auch, dass man gute Arbeit nur gegen eine Gegenleistung bekommt. Und nun folge mir und mach mir einfach alles nach.« Hanna ergriff zwei Teller und lief im Sturmschritt durch die Küche, die Theda endlos erschien. Auch Theda balancierte zwei der kostbaren Teller und folgte Hanna, vorbei an Spültischen und Geschirrschränken durch die hohe Haustür, hinaus auf den Schlossplatz. Im hellen Licht der Sommersonne entdeckte Theda den Leiterwagen des Vaters, wie er gerade davonfuhr. Neben ihm auf dem Kutschbock die unglückliche Sofie.

»Rasch, rasch. Die Damen warten nicht gern.«

Hanna rannte fast über den Sandsteinplattenweg, sprang die drei Stufen hinauf und stieß die Flügeltür zum Hauptschloss auf.

»Öffne die Zwischentür und lass mich vorgehen«,

zischte Hanna. Theda schob rasch einen der Teller auf ihren Unterarm und zog mit der freien Hand am runden Türknauf aus Messing. Die Tür klemmte.

»Fester ziehen«, zischte Hanna.

Theda zog. Die Tür öffnete sich mit einem Ruck und gleichzeitig löste sich der Messingknauf aus dem Türblatt. Vor Schreck hätte Theda fast die Teller fallen lassen. Panisch flog ihr Blick zu Hanna, doch die schritt schon durch die geöffnete Tür hinein in den großen Rundsaal des Jagdschlosses, indem sich mehrere Damen der feinen Gesellschaft aufhielten.

Kurzentschlossen ließ Theda den Messingknauf in die Tasche ihrer Schürze gleiten. Sie würde sich später darum kümmern müssen. Hinter Hanna betrat sie den runden Saal und erschrak aufgrund des lauten Geräusches, das ihre Holzschuhe auf dem bunten Marmorboden erzeugten.

»Essen, wie wunderbar. Wir dachten schon, wir müssen hier verhungern!«, quietschte eine weiß gepuderte Dame in einem hellblauen Seidenkleid, dessen Ausschnitt nahezu verboten tief war. Theda empfand die laut lachende Dame als nahezu nackt und bemühte sich, nicht auf die elfenbeinfarbenen Brüste zu starren, die fast aus der weißen Spitzenbordüre hüpften.

Hanna hatte es derweil zugelassen, dass einige der Damen sich direkt von den Tellern bedienten, stellte sie aber jetzt auf einem filigranen Spieltisch nahe des Fensters ab und bedeutete Theda fast unmerklich, es ihr gleich zu tun. Theda entdeckte einen weiteren Spieltisch unter einem anderen Fenster und entledigte sich rasch ihrer Last. Dann folgte sie Hanna zurück durch die Tür, durch die sie gekommen waren. »Beeilung! Die nächsten Teller warten schon!«

In der nächsten halben Stunde rannte Theda zwischen Hauptschloss und Küchengebäude hin und her und schleppte Teller mit kleinen Köstlichkeiten in den Rundsaal, wo sie jedes Mal fröhlich von den eleganten Damen empfangen wurde. Edelmänner sah Theda hingegen keine einzigen. Schließlich fragte sie Hanna, während des Anrichtens weiterer Teller, nach dem Verbleib des Kurfürsten und der anderen Herren.

»Wo sollen die schon sein? Auf der Jagd natürlich! Dies ist ein Jagdschloss, Theda. Aber gedulde dich nur. Bald werden sie uns Fasane, Kaninchen und vielleicht einen Rehbock in die Küche schleppen. Ich weiß nicht, was für ein Wild heute dran ist, ich kann mir die Farben der Jagdröcke nicht merken. Heute sind sie, glaube ich, zu Pferd unterwegs und tragen rote Röcke. Das bedeutet Dammwild, nicht wahr? Nun, wir werden ja sehen, was sie heranbringen.«

Und wie zur Bestätigung ihrer Worte drang der Klang von Jagdhörnern zu ihnen.

»Sie kommen.« Hanna lächelte. »Wollen wir hinauslaufen und zuschauen?«

»Geht das denn?«

»Aber ja. Die freuen sich doch, wenn sie Zuschauer haben. Komm!«

Als Erstes kamen die Hunde. Sie rannten kläffend in der Mitte einer Allee über die Wiese. Ihnen folgten die Reiter im roten Rock auf ihren Pferden. Donnernd näherten sie sich dem Schlossplatz.

Die Tür des Hauptschlosses öffnete sich und eine Gruppe edel gekleideter Damen erschien auf den Stufen. Fächernd standen sie dort und erwarteten die Reiterschar. Und dann brachen sie über den beschaulichen Platz herein. Theda sah Rotröcke aus dem Sattel springen und den Hunden große Batzen stinkenden Fleisches zuwerfen.

»Kuhmagen. Die Hunde lieben es. Und sie haben es sich verdient«, erklärte Hanna. Theda rümpfte die Nase, wandte den Blick von der Hundemeute ab und ließ ihn über die Reiter schweifen.

»Wer ist der Kurfürst?«, fragte sie Hanna.

»Der dort drüben auf dem hübschen Fuchs.«

Thedas Blick suchte und fand einen schmalen, fast zarten Mann von mittlerem Wuchs mit langem Gesicht, welches von vollen Lippen und einer beeindruckenden Nase dominiert wurde.

»Das ist er?«

»Das ist er. Was hast du erwartet?«

Theda wusste es nicht. Jedenfalls nicht dieses feine Gesicht mit den traurigen braunen Augen. Er ist nicht glücklich, dachte sie. Er hat all diesen wunderbaren Reichtum, aber er ist nicht glücklich.

Noch ehe sie ihre Gedanken zurückhalten konnte, waren sie auch schon auf ihrer Zunge. »Warum sieht er so traurig aus?«

»Ach, das hast du bemerkt? Er scheint in der Tat niedergeschlagen zu sein. In der Küche munkelt man, dass der Kurfürst gerade einen bitteren Verlust erlitten hat. Sein bester Freund, ein Herr von Roll, soll gestorben sein. Er wurde bei einem Duell getötet, heißt es.«

»Bei einem Duell? Ist das nicht verboten?«

»Als ob Verbote die feinen Herren kümmern würden. Komm, Theda. Lass uns zurückgehen. Jetzt gibt es für uns ordentlich zu tun. Die Gesellschaft will verköstigt werden.«

Nur schwer konnte Theda ihren Blick von der schlanken Gestalt auf dem Pferd lösen. Den besten Freund zu verlieren, erschien ihr wirklich furchtbar. Kein Wunder, dass er nicht glücklich war.

***

Zurück in der Küche entdeckte Theda Porzellan in aberwitzigen Formen und Bemalungen. Einen Saukopf als Terrine, einen Salatkopf, Schalen, die aussahen wie Früchte. Theda konnte sich kaum sattsehen an den Schönheiten auf den Tischen und hatte doch alle Hände voll zu tun mit den Vorbereitungen eines Festessens.

Als dampfende Speisen die Schüsseln füllten, wollte Theda, beladen mit Schüsseln voll mit duftendem Gemüse, den bereits vertrauten Weg zum Hauptschloss nehmen. Doch Hanna hielt sie zurück.

»Wo willst du denn damit hin? Wenn du die heißen Speisen über den Schlossplatz trägst, werden sie abkühlen. Jetzt tafelt die Gesellschaft im Nebengebäude.«

»Aber der Weg ist doch kaum kürzer.«

»Führt dich aber nicht über den Schlossplatz.« Mit diesen Worten öffnete Hanna eine Kellertür und winkte Theda ihr zu folgen.

Drei Kellerräume durchquerten sie. Dann erreichten sie einen engen Gang, an dessen Ende warmes Licht und lebhafte Stimmen zu hören waren.

»Ein unterirdischer Gang?«, flüsterte Theda ehrfürchtig.

»Er verbindet diesen Keller mit dem des Nachbarhauses. Dort wird getafelt. Schlau, nicht wahr?« Theda konnte nur nicken und lief unsicher auf das Licht am Ende des Tunnels zu. Zum einen fürchtete sie, sich an den rauen, grob gemauerten Tunnelwänden zu stoßen. Zum anderen beunruhigte sie der Gedanke, dass sie sich jetzt unter der Erde befand.

Doch in den folgenden Stunden lief sie so oft durch den Tunnel, dass sie ihre Bedenken vergessen konnte.

***

»Hier. Dein Lohn. Und ein kleines Extra, weil dein Vater sich um die Sofie gekümmert hat. Morgen früh erwarte ich dich um sechs Uhr hier am Küchentor.«

»Aber ich sollte doch nur heute aushelfen!« entfuhr es Theda überrascht.

»Glaubst du denn, die Sofie kann morgen wieder arbeiten? Sechs Uhr. Sei pünktlich!« Damit drehte sich die Rotgesichtige um und ließ Theda stehen, die ungläubig auf die Münzen in ihrer Hand blickte.

»Freu dich doch«, sagte Hanna und stieß ihr aufmunternd in die Seite. »So viel Geld hältst du vielleicht nie wieder in den Händen.«

»Ich freue mich ja. Aber was wird die Mutter sagen, wenn ich morgen wieder den ganzen Tag fort bin?«

»Die wird sich auch freuen, wenn du ihr die klingenden Münzen bringst. Ganz sicher.«

Nicht ganz überzeugt, schob Theda die Münzen in ihre Rocktasche. Da fand ihre Hand den runden Messingknauf. Heiß durchströmte es Thedas Gesicht. »Ich muss noch einmal ins Hauptschloss.«

»Was denn? Jetzt noch? Da ist unsereins jetzt nicht mehr erwünscht. Was immer du dort willst, du wirst es auf morgen verschieben müssen«, antwortete Hanna und sah Theda neugierig an. Theda schluckte hart und befühlte den glatten kühlen Knauf in ihrer Tasche. War sie eine Diebin, wenn sie in mit nach Hause nahm? Aber nein! Sie würde ihn ja zurückbringen! Gleich morgen. Sie würde einen Weg finden, ihn wieder an der Tür zu befestigen.

***

»Schau nur, Theda! Da steht jemand am Dorfanfang und erwartet dich«, flüsterte Hanna und stieß Theda, die sich nur noch müde vorwärts schleppte, in die Seite.

Tatsächlich. Im letzten Licht des Tages stand dort eine Gestalt mit einer Stalllaterne in der Hand.

»Das ist Mattis, mein Bruder!« rief Theda und spürte, wie ihre Lebensgeister zu ihr zurückkehrten.

»Dann gehe ich jetzt heim. Treffe ich dich morgen früh um fünf hier an dieser Stelle?« Theda nickte Hanna zu und drückte sie schnell. Dann rannte sie dem hochgewachsenen Jungen mit dem flachsblonden Haar entgegen.

»Mattis, du glaubst gar nicht, was ich alles erlebt habe!«

»Und du glaubst gar nicht, was du noch erleben wirst, wenn wir jetzt nicht ganz schnell heimgehen«, lachte Mattis und seine dunkle, warme Stimme gab Theda augenblicklich das Gefühl, nach Hause gekommen zu sein.

Auf dem ganzen Weg durchs Dorf stand Thedas Mund nicht still. Sie beschrieb Mattis die Edelfräulein, die Porzellanteller, die Speisen und Getränke, die Reiter und die Hundemeute, während Mattis nur still lächelnd neben ihr herging, in der Hand die Stalllaterne. Als sie den Barrerhof erreichten, leuchteten die ersten Sterne am Abendhimmel.

20

»Theda, Liebes! Da bist du ja endlich!« Auf der Türschwelle stand ihr Vater, die Arme weit ausgebreitet. Wie ein kleines Mädchen flog Theda ihm entgegen, ließ sich umfangen und drücken. Hinter dem Vater stand, mit undurchdringlicher Miene, die Mutter.

»Nun, Theda, hast du bekommen, was du wolltest, ja? Durftest du einen ganzen Tag schöne Damen bestaunen, während hier auf dem Hof sich die Arbeit stapelt, hm?«

Anstelle einer Antwort griff sich Theda in die Schürzentasche. Ihre Finger streiften kurz den Messingknauf, krallten sich dann um die kühlen Münzen und holten sie hervor.

»Das habe ich verdient, Mutter. Und morgen kann ich noch einmal so viel verdienen und übermorgen vielleicht auch noch! Ist es das nicht wert, Mutter? Was können wir mit dem Geld nicht alles für den Hof anschaffen? Kannst du dafür nicht eine Weile auf mich verzichten?«

»Hier geht es nicht um Geld, Theda. Hier geht es um dich und darum, wie leicht du zu beeindrucken bist. Wie soll ich dich beschützen, wenn du auf dem Schloss arbeitest? Wie kann ich dir helfen, richtig und falsch zu unterscheiden. Denn, dass du es nicht kannst, weiß ich nur zu gut. Schließlich kenne ich dich, meine Tochter.«

»Mutter, bitte!«

Die Hände wie zum Gebet gefaltet, warf Theda ihrem Vater, der sie stumm beobachtete einen eindringlichen Blick zu. Er musste ihr einfach helfen. Gegen die Härte der Mutter brauchte sie seinen Beistand. Jene wandte sich ihrem Mann zu, als dieser sich vernehmlich räusperte, und stemmte die Hände in die Hüften.

»Willst du jetzt für sie Partei ergreifen, ja? Für ein Mädchen, dass erst mitten in der Nacht heimkommt? Wer weiß, was dort auf dem Schloss alles getrieben wird. Besser ich weiß es nicht, aber unsere Tochter will ich dort nicht wissen, Matthias!«

Der Vater schien den Worten seiner Frau geduldig zu lauschen. Dann wies er mit einer Kopfbewegung auf die Münzen in Thedas ausgestreckter Hand und sagte:

»Der Wagen braucht neue Räder und dein Wintermantel taugt kaum noch zum Bodenwischen. Der Junge träumt von einem ordentlichen Paar Schuhe. So leid es mir tut, Frau, aber ich muss auch die andere Seite der Medaille betrachten. Thedas Lohn kann uns durch den nächsten Winter helfen und der kommt bestimmt.«

»Wir schaffen es auch ohne das Geld des Kurfürsten.«

»Das schon. Die Frage ist nur: Wie?«

Theda biss sich auf die Lippen und betete stumm. Sie würde die Mutter niemals umstimmen können. Würden die Worte des Vaters ihr helfen?

Die Mutter sah erst das Geld dann ihre Tochter scharf an. Um ihre Mundwinkel zuckte es, als sie sagte: »Du kommst jeden Abend, so schnell es geht, heim. Du wirst dich von den jungen Burschen genauso fernhalten wie von den jungen Herren. Du wirst nur sprechen, wenn du gefragt wirst. Und kommt mir irgendetwas zu Ohren über dich, und sei es noch so harmlos, dann findest du dich allein in deiner Kammer wieder, und zwar für Wochen. Hast du mich verstanden?«

Theda nickte und gab ihrer Mutter die Münzen, welche diese fast widerwillig an sich nahm und in die Schürzentasche gleiten ließ.

»Ich werde es verwahren. Für schlechte Zeiten. Hoffentlich kommen sie nicht so bald.« Und als die Mutter sich umwandte und die Diele verließ, flog Theda ihrem Vater um den Hals und küsste ihn auf die Wange.

»Schon gut, schon gut, Kind. Und jetzt geh schlafen. Vor dir liegen anstrengende Tage.«

***

»Sieh nur! Dort hinten geht die Sonne auf!« Hanna deutete mit dem Finger auf einen schmalen pfirsichfarbenen Streifen am Himmel. Theda gähnte verhalten.

»Nicht, dass frühes Aufstehen ein Problem für mich wäre. Die Kühe wollen ja auch um sechs gemolken werden. Aber früh aufstehen und spät ins Bett gehen, also das ist schon eine Strafe.«

»Stell dich nicht an. Der Morgen ist die schönste Zeit des Tages! Da gehört dir die Welt ganz allein.«

Hanna schritt kräftig aus, ihr leichter Wollrock schwang wie eine Glocke um ihre Waden. Ihre Energie war ansteckend und bald fühlte auch Theda wie Kopf und Füße leichter wurden.

Als die Glocke der Kapelle sechsmal schlug, erreichten die beiden die Schlossküche, wo sie von der runden Rotgesichtigen erwartet wurden, der schon wieder die Schweißperlen auf der Stirn standen.

»Nun macht schon. Die Herren wollen früh zur Jagd aufbrechen. Ihre Diener stehen hier in der Küche herum und warten darauf, die Frühstücke servieren zu können. Sputet euch, Mädchen. Es wird euer Schaden nicht sein!«

Hanna und Theda stürzten sich in die Arbeit. Nach den hohen Herren aßen die Dienstboden, dann erst musste sich um die Damen gekümmert werden. Es folgten kleinere Imbisse, die im Hauptschloss serviert werden sollten und auch, wenn Theda unzählige Male durch die ihr schon bekannte Zwischentür rein und raus lief, so ergab sich doch keine Gelegenheit, den vermaledeiten Türknauf wieder anzubringen, denn irgendjemand hatte die Tür verkeilt, so dass sie jetzt stetig offenstand.

Gegen Abend wiederholte sich das Szenario des Vortags. Wieder stürmte die Hundemeute zuerst auf den Schlossplatz, wieder folgten die Reiter im roten Rock und wieder entdeckte Theda mitten im Tumult die schlanke Gestalt des Kurfürsten. Fasziniert von seinem Gesicht, konnte Theda nicht anders, als ihn anzustarren und nur für einen kurzen Moment war ihr, als starre er zurück.

Theda senkte erschrocken den Blick.

Durfte man einen Kurfürsten anstarren?

Sicher nicht.

Zurück in der Vertrautheit der Küche zerschlug Theda, vor Verwirrung über das Erlebte, fast einen Teller. Diese Beinahekatastrophe brachte sie zurück in die Wirklichkeit. Konzentriert machte sie sich an die Vorbereitungen für das abendliche Gelage, doch bald merkte sie, dass irgendetwas nicht stimmte.

Hanna hielt nicht mit ihr mit. Die neue Freundin wirkte blass, ihre Sommersprossen wirkten wie Male auf der bleichen Haut. Theda war besorgt.

»Ist dir nicht gut, Hanna?«

»Nein, wahrlich nicht. Ich bin so elend, ich fürchte, ich bekomme meine Kopfschmerzen. Die bekomme ich jeden Monat einmal. Ist es nicht ungerecht? Da wünschte man sich doch wirklich, ein Mann zu sein.« Theda sah sie mitfühlend an.

»Möchtest du heute eher nach Hause gehen? Ich schaffe das schon ohne dich, glaub mir. Du hast mich doch gut angelernt.«

»Aber Theda! Dann müsstest du ja allein deinen Heimweg durch die Nacht antreten! Was würde dein Vater dazu sagen, wenn ich dich dir selbst überließe?«

»Bei deinem Anblick würde er sagen, dass ich alt genug bin, um auf mich aufzupassen. Geh nur. Ich habe keine Angst vor der Nacht. Morgen früh um fünf treffen wir uns wieder vor dem Dorf.«

Es kostete Theda noch einiges an Überredungskunst, doch letztlich sprach die Rotgesichtige ein Machtwort und schickte die blasse Hanna heim. Theda arbeitete nun doppelt so hart und die Zeit flog nur so dahin. Schon wurde ihr der Lohn in die Hand gedrückt und sie trat hinaus aus dem heißen Dampf und den schweren Gerüchen hinaus in den Sommerabend, der nach Heu und warmem Waldboden duftete.

In ihrer Schürzentasche klimperte der Messingknauf zwischen den Münzen. Theda holte ihn hervor und drehte ihn kurz zwischen den Fingern.

»Jetzt aber«, flüsterte Theda.

»Jetzt schleiche ich mich schnell zur Zwischentür und stecke den Knauf wieder ein.« Mit schnellen Schritten, den Knauf fest umklammert in der Faust, lief sie auf das Hauptschloss zu, griff nach der Eingangstür und erstarrte, als sich diese vor ihren Augen von selbst öffnete. Sie erblickte einen schlanken Körper in einem roten Rock, eine lange Nase und leicht wulstige Lippen. Theda schoss die Röte ins Gesicht und sie wünschte sich weit weg von dieser Schwelle. Was sollte sie jetzt tun? Knicksen? Das erschien ihr eine gute Idee zu sein, doch wie genau knickste man eigentlich richtig? Theda hatte davon gehört, dass es unterschiedliche Arten des Knicksens gab, doch nie zuvor war Theda auf dem elterlichen Bauernhof in eine solche Verlegenheit geraten. Sie versuchte einen besonders tiefen Knicks, wie sie ihn manchmal aus Albernheit mit ihrer Freundin Christine geprobt hatte, und geriet bedenklich ins Wanken. Schon spürte sie zwei warme Hände an ihren Schultern, die sie leicht nach oben zogen.

»Was tut sie hier? Weiß sie nicht, dass man ihrer Dienste um diese Zeit im Schloss nicht mehr bedarf?«

»Verzeihung ... mein Herr ... Kurfürst. Ich wollte nur, ich meine, ich habe ...« Hilflos stammelte Theda ein bisschen herum und starrte dabei auf die rote Uniform so dicht vor ihr. Da schoben sich zwei schlanke Finger unter ihr Kinn und drückten ihr den gesenkten Kopf in die Höhe.

Warme, braune Augen betrachteten sie aufmerksam.

Was für wundervolle Augen, dachte Theda und vergaß für einen kurzen Moment ihre Nervosität. Doch schon kehrte sie zurück, als der Kurfürst sie fragte:

»Was wollte sie? Was hat sie? Kann sie sich nicht klarer ausdrücken?«

Statt einer Antwort öffnete Theda wie in Trance ihre Hand, in der der Messingknauf golden schimmernd lag.

»Es war ein Missgeschick«, hauchte sie und spürte, dass ihr die Tränen in die Augen stiegen. Hastig blinzelte sie sie weg.

Mit spitzen Fingern nahm der Kurfürst den Knauf von Thedas Hand und betrachtete ihn interessiert.

»Er ist einfach so abgegangen«, hauchte Theda.

»Abgegangen?« Aus seinem Mund klang das Wort seltsam unpassend. Theda nickte hilflos.

»Wo ist er denn einfach abgegangen?«

»Von der Zwischentür. Gleich hinter Euch.«

Der Kurfürst drehte sich mit einer galanten Bewegung um die eigene Achse und trat zurück ins Schloss. Theda blieb wie angewurzelt auf den Treppenstufen stehen.

Nur einen Augenblick später stand der Kurfürst wieder vor ihr. »Sie tritt besser selbst ein und besieht es sich mit ihren eigenen Augen.«

Verwirrt hob Theda den Kopf, den sie schon wieder verschämt gesenkt hatte, und folgte ihm in den kleinen Raum, der nur durch die Zwischentür vom großen Saal getrennt wurde. Im Hauptschloss herrschte Stille. Die Gäste des Kurfürsten tafelten, wie schon am vergangenen Abend, im Keller des Gästehauses, nahe der Küche.

Die Tür, die den ganzen Tag offen gestanden hatte, war nun geschlossen und gleich über dem Schlüsselloch befand sich ein glänzender Messingknauf.

»D-das verstehe ich nicht. Ich schwöre, dass der Knauf von dieser Tür stammt. Gestern war es. Da löste er sich und fiel mir in die Hand! Ich hätte ihn ja gleich zurückgebracht, aber ich hatte keine Gelegenheit ...«

»Es ist gar nicht nötig, dass sie schwört«, fiel er ihr ins Wort. »Wenn der Knauf schon seit dem gestrigen Tage fehlt, so wird einer unserer eifrigen Bediensteten ihn bereits ersetzt haben. So etwas kommt vor.«

Er reichte ihr den Messingknauf wie eine einzelne Rose und blickte sie mit seinen warmen Augen an.

»Sie darf ihn als Erinnerung an eine aufregende Begegnung behalten. Möchte sie?«

Alle Anspannung fiel von Theda ab. Sie spürte, wie ein strahlendes Lächeln sich auf ihrem Gesicht ausbreitete. Mit zitternden Fingern nahm sie den Knauf von den seinen. Sie strahlte ihn an.

»Vielen Dank. Mein ganzes Leben werde ich ihn aufbewahren und an diesen Abend denken. Und daran, wie freundlich Ihr zu mir gewesen seid. Und dass Ihr gar nicht mehr traurig geguckt habt.«

Die letzten Worte waren kaum über ihre Lippen gekommen, da wünschte sie auch schon, sie könnte sie zurückholen. Wie kam sie dazu, so vertraut mit dem Kurfürsten zu sprechen? Sicher würde er jetzt verärgert sein. Ängstlich blickte sie in sein Gesicht, welches von der eng anliegenden, gepuderten Haartracht umrahmt wurde. Er wirkte eher nachdenklich als verärgert.

»Sie meint, wir sehen traurig aus?« Theda gab sich einen Ruck.

»Immer, wenn Ihr glaubt, man würde Euch keine Beachtung schenken und niemand würde es bemerken. Ich habe es bemerkt.«

Er schmunzelte. Dann wurde er wieder ernst und sagte:

»Nun wissen wir also, was sie zu später Stunde im Schloss wollte. Will sie wissen, was wir mitten in der Nacht außerhalb des Schlosses wollten?« Theda riss überrascht die Augen auf. Dann nickte sie.

»Den Himmel betrachten. Das Aufgehen der ersten Sterne miterleben. Doch zu zweit erscheint es uns angenehmer. Kennt sie die Sterne und ihre Namen? Will sie uns dabei Gesellschaft leisten?«

Nur kurz dachte Theda an Mattis, der sicher wieder am Ortseingang auf sie wartete. An die Eltern, die sich mehr Sorgen machen würden, mit jeder Stunde, die sie später kam. Dann wischte sie den Gedanken fort. Von diesem Abend würde sie noch ihren Enkeln erzählen.

Sie hatte kaum genickt, als er ihr auch schon galant den Arm reichte. Einen Augenblick zögerte Theda, denn ihr wurde bewusst, dass dies einer der Momente war, vor dem die Mutter sie eindringlich gewarnt hatte. Ihr Blick glitt an ihm vorbei zur Zwischentür, hinter der sie Gelächter hörte. Der Kurfürst schmunzelte.

»Warum ich mir meine Gesellschaft nicht dort drinnen suche, will sie wissen? Diese Damen und Herren blicken schon lange nicht mehr in die Sterne. Und wenn doch, so sind sie zumindest jetzt nicht in der Stimmung dazu. Wird sie uns begleiten oder hat sie etwa Angst?«

Das Wort Angst gab den Ausschlag. Theda straffte die Schultern, legte ihren Arm auf den seinen und ließ sich ins Freie führen.

»Gehen wir die Allee dort drüben hinunter. Sie führt zu den Teichen. Es ist ein erhebender Ort.«

***

Eine Weile schritt sie stumm an seinem Arm einher, eine Allee gesäumt von kleinen Bäumen hinunter. Dahinter erhob sich der dunkle Wald.

»Ich finde es schade, dass diese Bäume immer klein bleiben sollen.«

»Ist es nicht ebenso traurig, dass alles wachsen muss?«

Sie dachte über seine Worte nach und antwortete:

»Alles wächst. Und alles stirbt einmal.«

Er warf ihr einen unergründlichen Blick zu.

»Weise Worte aus dem Munde eines kleinen Mädchens.«

»Ich bin schon lange nicht mehr klein«, begehrte sie auf.

»Und besonders weise war das auch nicht. Es ist der Lauf des Lebens. Das kann jeder begreifen und akzeptieren.«

»Muss, meine Liebe. Wir müssen ihn akzeptieren.«

***

Tiefschwarz stand der Wald hinter den Alleebäumen. Irgendwo raschelte es im Unterholz. Theda konnte das Gesicht des Kurfürsten kaum noch ausmachen, aber sie spürte die Traurigkeit, die sie bereits an ihm gesehen hatte.

»Man erzählt sich, Ihr hättet Euren besten Freund verloren und dass ihr deswegen traurig seid. Stimmt es?«

»Er starb bei einem völlig unsinnigen Duell. Man könnte sagen, er sei einem Leiden erlegen. Dem Hochmut oder dem Leichtsinn, ganz wie man es sehen will.«

»Aber Duelle sind doch verboten!« entfuhr es Theda.

»Gut für jene, die sich an Verbote halten.«

Theda dachte über seine Worte nach. Dann sagte sie:

»Ihr habt ihn sehr gern gehabt, diesen Freund?«

»So kann man es sagen.«

»Ihr habt ihn geliebt«, stellte Theda fest. An ihrer Seite blieb es still. »Ihr habt ihn geliebt, und sein Verlust schmerzt Euch furchtbar, in jedem Moment, in dem Ihr eigentlich glücklich sein solltet. Doch wenn er für Euch genauso empfand, dann würde er nicht wollen, dass Ihr leidet.«

Die Stille neben ihr schien an Dichte zuzunehmen und Theda biss sich auf die Lippen. War sie zu weit gegangen? Durfte man solche die zu seinem Kurfürsten sagen?

***

Sie hatten die Teiche erreicht. Die Allee endete abrupt und vor ihnen lag das dunkle Wasser, auf dessen Oberfläche sich Mond und Sterne spiegelten. Theda hob den Kopf und sah hinauf. »Wunderschön, nicht wahr?«

»Ja. Wunderschön. Für jeden, der zu sehen bereit ist.« Theda wandte ihm das Gesicht zu und stellte fest, dass er gar nicht hinaufgeblickt hatte, sondern sie anstarrte. Ungläubig starrte sie zurück. »Ich? Ich soll wunderschön sein?«

Statt einer Antwort wurde sie unerwartet in zwei starke Arme gezogen. Volle Lippen pressten sich auf ihre. Einen Moment lang stand Theda stocksteif da. Und als sie fühlte, wie kräftige Hände die Schnürung ihrer Bluse lösten und sein Unterleib sich gegen ihren presste, wusste sie, dass sie sich schnell entscheiden musste.

»Heute Nacht sind wir nicht allein. Heute Nacht spüren wir keine Traurigkeit.«

Er würde ihr keine Gewalt antun, das wusste sie, spürte es. Wenn sie sich sträubte, würde er sie gehen lassen. Doch wollte sie gehen?

Sie spürte seinen Atem in ihrer Halsbeuge, spürte sein drängendes Verlangen, Dinge, die sie noch nie zuvor gespürt hatte. Doch sie war kein Kind mehr und eine zügellose Neugier stieg in ihr auf. Wie würde das hier weitergehen, wenn sie es zuließe? Und warum auch nicht? Geschah es nicht Tag für Tag zwischen einem Mann und einer Frau? War sie nicht auch eine Frau und er nicht ein Mann? Ein Kurfürst?

Einen kurzen Moment lang sah sie in ihrem Geiste vor sich das mahnende Gesicht der Mutter und das gab den Ausschlag. Sie war alt genug, um selbst für sich zu entscheiden. Sie war frei, zu tun, wonach immer ihr der Sinn stand.

Als er ihren Rock hochschob, sank sie ins feuchte Gras, und als er in sie eindrang, sah sie hoch über sich leuchtende Streifen am Abendhimmel. Ein Sternschnuppenregen ging nieder und schien diesen Augenblick segnen zu wollen.

Drei

Mit einem würgenden Geräusch übergab sich Theda in ihren Nachttopf.

»Theda! Nun komm endlich herunter, die Kühe melken sich nicht von allein! Und der Kirchgang drängt.«

Drei Wochen waren seit dem Sternschnuppenregen vergangen. Drei Wochen, in denen es Theda nicht einmal erlaubt gewesen war, einen Fuß vom elterlichen Hof zu setzen.

Nachdem sie in jener Nacht erst nach Mitternacht heimgekehrt war - Mattis war ihr schon fast den ganzen Weg entgegen gelaufen - hatte ihre Mutter rigoros bestimmt, sie werde nie wieder zu ihrer Arbeit auf dem Jagdschloss zurückkehren.

Theda hatte geweint und gefleht, auf Knien gebettelt, doch auch der Vater war diesmal unerbittlich geblieben und an ihrer Stelle war Mattis am nächsten Morgen zum Treffen mit Hanna gegangen und hatte sie entschuldigt.

Seitdem arbeitete Theda Tag für Tag in den Kuhställen und lag des Nachts auf ihrem Strohsack, den Messingknauf fest in der Hand und weinte. Sie wollte ihn wiedersehen. Einfach nur wiedersehen!

Natürlich wusste sie, dass er immer ein Kurfürst und sie immer ein einfaches Dorfmädchen bleiben würde, aber was sprach denn dagegen, einander wiederzusehen? Gut, bei genauerer Betrachtung gab es da die Tatsache, dass er ein Mann der Kirche war, doch fiel das wirklich so sehr ins Gewicht? Theda wollte ja nicht Reichtum und Namen, sie wollte ihn nur noch einmal wiedersehen!

In seine traurigen Augen blicken! Vielleicht auch seine Lippen auf den ihren spüren und wenn die Gelegenheit es zuließ, auch gerne etwas mehr. Theda war zur Frau geworden in dieser Nacht. Am Teichufer unter dem Sternenhimmel hatte er sie wachgeküsst und nun gab es kein zurück mehr. Nicht für sie.

»Theda! Wie lange kann es denn dauern, sich anzuziehen? Muss ich erst raufkommen oder kommst du jetzt herunter?«

Mit einem Zipfel ihres Lakens wischte sich Theda über die Mundwinkel. Die Übelkeit plagte sie bereits seit einigen Tagen und Theda war nicht dumm. Sie wusste, was das bedeuten konnte. Doch noch hoffte sie. Ihre Periode war schon oft verspätet eingetroffen, sie schien nicht wirklich einem festen Zyklus zu folgen, also konnte sie immer noch eintreffen und alles würde in Ordnung sein. Warum sollte es denn auch beim ersten Male schon solche Folgen haben? Sie kannte Ehepaare im Dorf, die erst Jahre nach ihrer Hochzeit einen Stammhalter vom Herrgott geschenkt bekommen hatten. Theda zupfte ihr Kleid zurecht. Es konnte vielleicht trotzdem nicht schaden, den Herrn heute in der Kirche um Vergebung für ihre Sünden zu bitten. Auch, wenn sie sie nur allzu gern wiederholt hätte.

***

»Du siehst blass aus. Ist alles in Ordnung mit dir?« fragte Christine und lehnte sich weit über die Kirchenbank zu Theda nach vorn.

»Alles bestens. Stell dir vor, meine Mutter hat mir gesagt, dass mein Arrest nun bald zu Ende gehen soll. Wollen wir uns zu einem Plausch bei dir treffen?«

»Oh ja! Wir hatten noch gar keine Gelegenheit über deine Erlebnisse auf dem Jagdschloss zu sprechen. Du musst mir von den Kleidern berichten. Und natürlich von den Edelmännern!« Christines Augen blitzten vor Neugier. Ein Lächeln stahl sich auf Thedas Lippen. Alles würde sie ihrer Freundin wohl nicht erzählen können.

***

Auch am nächsten Morgen erbrach sich Theda in ihren Nachttopf, und als sie hoffnungsvoll hinaus zum Abort eilte, wurde sie erneut enttäuscht. Ihre Unruhe wuchs. Was, um Himmels willen, sollte sie tun, wenn sie das Kind des Kurfürsten unter dem Herzen trug? Würde ihre Mutter sie totschlagen? Eher noch als der Vater, das war gewiss. Doch wie maßlos enttäuscht würde er von ihr sein. Und Christine? Was würde die Freundin sagen? Würde sie ihr überhaupt glauben, wenn sie ihr verriet, wer der Vater des unglücklichen Wurms war? Zwar war Christine ihr stets eine gute Freundin gewesen, doch alles hatte seine Grenzen. Was die Unzucht anging, so war Christine Auffassung kaum weniger unerbittlich als die der Mutter.

Den ganzen Tag kreisten Thedas Gedanken immer wieder um dieses Problem und sie gab ihrer Mutter oft Grund zur Schelte.

***

Drei Tage später war Theda verzweifelt. Panisch blickte sie in den Morgenstunden an ihrem nackten Körper herunter und fragte sich, wie lange sie es noch würde verheimlichen können. Wie schnell würde ihre Figur ihr Geheimnis enthüllen? Hatte sie noch Wochen? Oder nur noch Tage?

Verzweifelt suchte Theda nach einem Ausweg aus ihrer Misere und zweifelte doch, dass es überhaupt einen gab. Christine, die Freundin, würde ihr nicht helfen können, sich sicher sogar von ihr abwenden. Von ihr, der

Gefallenen. Hanna hatte Theda seit jenem verhängnisvollen Tag nicht mehr gesehen, also wer sonst konnte ihr

34

noch helfen?

»Der Kurfürst«, flüsterte sie leise zu sich selbst. »Es ist sein Kind. Er muss es erfahren. Er kann doch nicht wollen, dass sein eigen Fleisch und Blut im Elend aufwächst. Und genau das ist es, was auf mich wartet, wenn es bekannt wird. Das Elend.«

Noch am selben Tag erzählte sie der Mutter, sie sei mit Christine verabredet und trat stattdessen den vertrauten Weg zum Schloss an.

***

Schon auf der Allee bemerkte sie die Veränderung. Eine seltsame Stille hing über dem Ort. Kein Fuhrwerk ratterte geräuschvoll heran, niemand lief geschäftig herum, kein Hund kläffte und kein menschliches Lachen durchbrach die Stille. Erfüllt von einer bösen Vorahnung beschleunigte Theda ihre Schritte. Den Schlossplatz erreichend, fühlte sie sich zum ersten Male in ihrem Leben einer Ohnmacht nahe. Als ob das Fehlen jeglicher Menschen nicht schon schlimm genug gewesen wäre, versetzte ihr der Anblick des Schlosses einen zusätzlichen Schlag. Alle Fensterläden waren geschlossen, der ganze Bau machte einen kalten und abweisenden Eindruck auf sie.

»Er ist fort!«, entfuhr es ihr und die Erkenntnis versetzte ihr einen regelrechten Schock.

»Ja sicher ist er fort, Mädchen. Schon fast zwei Wochen. Es kann ja nicht immer nur gejagt werden, nicht wahr?«

Erschrocken fuhr Theda herum und sah in das vergnügte Gesicht eines alten verrunzelten Mannes in grüner Tracht.

»Habe ich dich erschreckt? Das wollte ich nicht, Kind. Den alten Hein muss keiner fürchten. Ich bin hier das Faktotum. Sehe nach dem Rechten, wenn alle gegangen sind. Kümmere mich um den Park. So gut ein alter Mann, wie ich es bin, das eben kann.«

»Wo ist er hingegangen?«, fragte Theda mit flehender Stimme.

»Wer? Der Kurfürst?«

»Eben jener!«

»Wer weiß das schon. Meinst du, er würde mich in seine Pläne einweihen, Mädchen? Ich bin doch froh, wenn ich rechtzeitig erfahre, wenn er herkommt. Was kümmert es dich oder mich, wohin er geht?«

»Aber ich muss zu ihm, ich muss mit ihm sprechen, es muss doch irgendjemand wissen, wo er zu finden ist!«

»Er ist der Herr von fünf Kirchen, Kind! Seine Macht reicht weit, seine Ländereien sind riesig! Wer kann schon sagen, in welchem Schloss oder in welchem Teil des Landes er gerade weilt. Vielleicht ist er nicht einmal mehr im Lande! Frankreich soll zu dieser Jahreszeit auch ganz hübsch sein.«

Theda konnte es nicht verhindern. Ihre Knie gaben nach, sie stürzte auf die von der Sonne gewärmten Sandsteinplatten des Rundweges und mit einem Schluchzer brachen die Dämme und Tränen liefen ihr über das Gesicht.

»Na, na, Kindchen. So schlimm wird es doch wohl nicht sein.«

»Doch. Doch, genauso schlimm ist es. Verstehen sie denn nicht?« Der Alte sah sie einen Moment lang ratlos an. Dann trat ein neuer Ausdruck in sein Gesicht. Es war unverhohlener Ekel.

»Ach, so eine bist du also. Wie man sich doch täuschen kann. Dann pack dich und verschwinde von hier. Ich nehme an, andere werden dafür sorgen, dass du bekommst, was du verdienst!«

»Aber ...«

»Nein, ich will nichts mehr hören! Niemand will deine Geschichten hören, du kleine Hure. Jetzt verschwinde von hier und lass dich hier nie wieder blicken!«

»Aber sagen Sie mir doch wo ...«

»Wo du deinen Hurenbock finden kannst? Was weiß denn ich? In einem anderen Bett vermutlich.«

Damit drehte sich der Alte um und überließ Theda sich selbst. Diese saß einfach nur da und starrte dem Fremden fassungslos hinterher.

»So wird es also von nun an sein. Jeden Tag, den Gott werden lässt, werde ich für diese eine Nacht büßen müssen«, murmelte sie und begann zu zittern.

Einen kurzen Moment lang erwog Theda sich gleich jetzt in eben jenem Schlossteich zu ertränken, an dem sie ihren größten Fehler beging. Doch noch, während sie darüber nachdachte, wusste sie, dass ihr Überlebenswille größer war. Größer als all ihre Angst, vor dem, was ihr bevorstand.

»Es muss eine Lösung geben. Er ist die Lösung. Und ich werde ihn finden!« Mit wackligen Knien stand Theda auf, klopfte sich den Staub vom Rock und warf dem Schloss einen letzten Blick zu. Sie dachte nicht, sie fühlte nicht, sie drehte sich um und ging den langen Weg zurück. Nach Hause. Auch wenn sie nicht wusste, wie lange es noch ihr Zuhause sein würde.

✳✳✳

Drei weitere Woche vergingen, in denen Theda mehr ab- als zunahm. Sie aß kaum noch und lachte nicht mehr. Sie ignorierte den sorgenvollen Blick des Vaters genauso wie den prüfenden der Mutter. Was hätte sie ihnen auch sagen können? Ihre Pflichten verrichtete sie wortlos und zog sich abends früh in ihre Kammer zurück, wo sie auf dem Bett lag und den Messingknauf in ihrer Hand anstarrte. Andere Menschen mied Theda wie die Pest.

Als Christine kam und nach ihr fragte, ließ Theda sich verleugnen. Sie wusste nicht genau warum, fühlte aber, dass die Entdeckung ihres Geheimnisses mit jedem Tag näher rückte. Sie wollte nicht mehr angesehen werden. Von niemandem.

Vier Wochen später war Thedas Zustand noch immer ein wohl gehütetes Geheimnis. Der Sommer schritt voran und Theda träumte manchmal davon, dass alles nur ein böser Traum sei. Da spürte sie eines Morgens, während des Melkens, ein sanftes Stupsen in der Nähe ihres Bauchnabels. Theda spürte Tränen in sich aufsteigen und es waren nicht nur Tränen der Angst, sondern auch der Liebe. Langsam, ganz langsam, begann sie das winzige Wesen in ihrem Körper zu lieben. Sie setzte sich aufrecht auf den Schemel und strich zärtlich über ihren Bauch. Jetzt würde es sich nicht mehr lange geheim halten lassen.

Bald darauf begann Theda damit, ihre Röcke am Bund auszulassen. Sie fingen an zu kneifen. Und wenn sie sich in den Morgenstunden selbst betrachtete, konnte sie sie sehen: Die kleinen Veränderungen an ihrem Körper. Noch ließen sie sich kaschieren, doch jeden Tag musste sie jetzt mit Entdeckung rechnen. Den Hof verließ Theda mittlerweile nicht einmal mehr für den Kirchgang. Sie schob Unpässlichkeiten vor und aufgrund ihres labilen Gemütszustandes ließen die Eltern es ihr durchgehen. Doch wie lange noch? Wie sollte sie vor ihre Freunde, vor das ganze Dorf treten? Mit einem Bauch so gerundet, dass es nur eins bedeuten konnte. Und ohne einen Mann, geschweige denn einen Ehemann. Sie war ruiniert und sie wusste es.

Als das Kleine sie wieder einmal beim Melken stupste und sie sich zurücklehnte, um sich beruhigend über den Bauch zu streicheln, fiel neben ihr in der Stallgasse mit einem lauten Knall die Mistgabel zu Boden.

Ihr Bruder Mattis stand vor ihr und starrte sie mit offenem Mund an. Er brauchte es nicht auszusprechen. Theda wusste auch so, dass er begriffen hatte. »Mattis.«

»Theda, mein Gott, wer hat dir das angetan?«

»So war es nicht Mattis, es war kein Unrecht.«

»Kein Unrecht? Ein Mädchen, fast noch ein Kind und das soll kein Unrecht sein? Sag mir, wer das getan hat, Theda und ich schleife ihn an seinen Ohren hierher, damit er einsteht für seine Taten.«

Theda lachte freudlos. »Lieber Mattis. Wenn das doch möglich wäre. Aber wie kann man seinen Kurfürsten zur Verantwortung ziehen?«

Mattis Augen wurden schmal.

»Du machst Witze, Theda. Bitte sag mir, dass du Witze machst. So ein Mädchen ist meine Schwester nicht.«

In Theda stieg Trotz auf. Sie hatte es satt. Die Beschimpfungen hatten noch nicht einmal richtig begonnen und schon hatte sie sie satt.

»Doch, Mattis. Genauso ein Mädchen ist deine Schwester! Und nun? Wirst du mich vom Hof jagen? Oder ertränken wie ein paar nutzlose Katzen? Oh Mattis, wenn ich könnte, dann wäre ich schon gar nicht mehr hier!«

»Und was hält dich hier? Du bringst Schande über uns alle! Warum gehst du nicht einfach?« Sein Gesicht drückten Wut und Verzweiflung zur gleichen Zeit aus. Theda kicherte wieder freudlos.

»Wenn ich nur wüsste, wohin. Wenn ich nur wüsste, wo ich ihn suchen soll. Er würde sein eigenes Kind nicht auf der Straße umkommen lassen, er würde einen Weg finden, für uns zu sorgen. Er ist ein Mann Gottes.«

»Umso schlimmer für dich!« Mattis raufte sich die Haare. Dann hielt er plötzlich inne. »Wir lassen es wegmachen. Die Bäuerin vom Hügelhof kennt sich mit so etwas aus, es gibt Kräuter, Gifte ...«

»Auf gar keinen Fall! Ich lasse weder mich noch mein Kind vergiften. Wenn du mir eine Hilfe sein willst, dann überlege dir etwas Anderes. Aber das willst du ja eigentlich gar nicht, nicht wahr? Viel lieber möchtest du mit dem Finger auf mich zeigen wie alle anderen. Ich gehe jetzt auf mein Zimmer. Mir wird übel. Übel von deinem Anblick.«

Mit diesen Worten erhob sich Theda vom Melkschemel, warf ihrem Bruder einen, wie sie hoffte, eiskalten Blick zu und drängte sich an ihm vorbei. Nie würde sie zulassen, dass dem Kind ein Leid zugefügt wurde. Niemals.

Vier

»Theda. Theda, wach auf.« Theda hörte die Stimme dicht an ihrem Ohr, spürte die Hand, die sie sacht an der Schulter rüttelte, doch die Müdigkeit lag wie Blei auf ihren Lidern.

»Theda, ich habe die Lösung gefunden.«

Theda riss die Augen auf. Vor ihr, im fahlen Licht des Mondes, kauerte Mattis an ihrem Bett, vollständig angezogen. Mitten in der Nacht.

»Das ist unmöglich«, flüsterte Theda. Wie sollte dir an nur einem Tag gelungen sein, was ich in Wochen nicht vollbringen konnte?«

Er lachte leise. »Ich bin eben Mattis, kleines Schwesterlein. Ich weiß, wie man Probleme angeht.«

»Das hat sich aber heute Morgen noch nicht so angehört.« Theda setzte sich im Bett auf. Das Nachthemd verhüllte den gerundeten Bauch kaum. Deutlich zeichnete sich die Wölbung unter dem weißen Stoff ab. Theda bemerkte, wie Mattis kurz darauf starrte und sich dann, mit sichtbarem Widerwillen, abwandte. Tiefe Atemzüge verrieten ihr, dass er mit seinen widersprüchlichen Gefühlen kämpfte. Es stieß ihn noch immer ab, was aus seiner Schwester geworden war. »Was wolltest du mir sagen, Mattis?«

»Du hast völlig recht. Du musst fort von hier. Und du musst zu ihm. Er muss für dich und dieses ... Kind sorgen.«

»Wie soll das gehen, wenn ich nicht einmal weiß, wo er ist. Und wenn ich es wüsste, wie sollte ich zu ihm gelangen?«

»Es ist alles geregelt, Theda. Zieh dich an, nimm mit, was du mitnehmen willst und komm raus zum Stall. Ich erwarte dich dort.«

Damit verließ Mattis lautlos die Kammer und Theda blieb verwirrt zurück.

Doch dann raffte sie sich auf, stieg in Kleid und Bluse, legte sich noch einen Wollschal gegen die Kühle der Nacht um die Schultern und blickte sich noch ein letztes Mal in ihrer Kammer um. Hier hatte sie geschlafen, seit sie ein kleines Mädchen gewesen war. Dies war ihr Reich gewesen.

Sie würde nichts mitnehmen. Nichts, außer dem Messingknauf und der befand sich, wie immer, in ihrer Schürzentasche.

***

Im Mondlicht stand Mattis vor der Stalltür. An einem Strick führte er ein kleines Kälbchen.

»Was hat das zu bedeuten?«

»Für Erklärungen ist keine Zeit. Wenn die Eltern wach werden, haben wir beide ein Problem. Lass uns gehen. Es ist ein gutes Stück Weg.«

***

Fahl beleuchtete der Mond die Dorfstraße, auf der sie unbehelligt dahinwanderten. Das Kälbchen verhielt sich still und trottete brav zwischen ihnen her. Sie ließen das Ende des Dorfes hinter sich und folgten der ausgefahrenen Straße noch eine Weile, bis Mattis plötzlich in ein Wäldchen zu ihrer Linken abbog. Theda blieb ruckartig stehen. Was tat sie hier eigentlich? Sie vertraute ihrem Bruder, in dessen Anerkennung sie am vergangenen Morgen tiefer gesunken war, als dieser es je für möglich gehalten hatte. Und jetzt folgte sie ihm mitten in der Nacht in einen dunklen Wald! Wie sollte das ihre Pro-

bleme lösen? Wollte er möglicherweise nur sein Problem
lösen. Das Problem, das er mit ihr hatte? Was hatte Mattis mit ihr vor?

Ihr Blick fiel auf das Kälbchen, welches unbeirrt neben
Mattis hertrottete. Das Kälbchen ergibt am allerwenigsten Sinn.

»Kommst du jetzt? Sie warten nur noch auf dich!« Mattis hatte sich zu ihr umgedreht und wartete darauf, dass
sie ihm weiter folgen würde. In seiner Stimme schwang
Ungeduld mit.

»Sie? Ach, egal. Ich habe ja sowieso keine Wahl, nicht
wahr?« Ihre Stimme klang resigniert, und so fühlte sie
sich auch.

»Ich denke nicht.«

Sie stolperten nur wenige Minuten über Baumwurzeln
und herumliegende Äste. Dann machte Theda einen Feuerschein zwischen den Bäumen aus, auf den Mattis geradewegs zuhielt.

Beim Näherkommen entdeckte Theda, nahe einem Lagerfeuer, mehrere Gestalten. Als sich eine von ihnen bewegte, zeigte sich im rötlichen Schein die Silhouette einer
Frau mit langem offenen Haar und weit schwingendem
Rock.

Erneut blieb Theda abrupt stehen.

»Das kann doch nicht dein ernst sein, Mattis.«

»Mein voller Ernst. Und deine einzige Chance, weißt
du noch?«

»Zigeuner? Du hast mich an die Zigeuner verhökert?«

Mattis schnaubte verächtlich. »Meinst, für dich würden
die etwas zahlen? Ich muss ihnen ja noch das Kälbchen
obendrauf geben! Aber keine Angst. Das Kälbchen ist
ihr Lohn dafür, dass sie dich nach Brühl bringen.«

»Nach Brühl? Wo ist das?«

Mattis seufzte genervt. »Frag nicht: Wo ist das, sondern: Was ist da?«

»Na gut. Was ist da?«

»Dein Kurfürst. Das hoffe ich zumindest. Er hat dort ein Schloss. Es besteht die Möglichkeit, dass er sich dort aufhält. Er ist gern dort. Das erzählt man sich zumindest im Dorfkrug. Solltest du ihn dort nicht antreffen, haben die Zigeuner Order von mir bekommen, dich noch weiter zu bringen. Notfalls bis nach München. Sie werden ihn aufstöbern und dich auf seiner Türschwelle abliefern. Alles andere ist dann dein Problem.«

Theda war sprachlos. Mattis hatte es tatsächlich geschafft. Er hatte ihr eine Reisemöglichkeit besorgt. Gut, es waren Zigeuner, doch Theda würde schon einen Weg finden, sich nicht mehr als nötig mit ihnen abzugeben. Und es war ja auch nur für eine Weile. Sie würden sie zu ihm bringen und er würde die Dinge wieder gerade rücken. Endlich gab es wieder so etwas wie Hoffnung in ihrem Leben.

»Mattis!« Sie fiel ihm um den Hals. »Du bist der beste Bruder. Wie kann ich dir jemals danken?«

»Indem du als ehrbare Frau heimkehrst oder überhaupt nicht.« Sie nickte und spürte schon wieder die Tränen in den Augen brennen.

»Junge, bist du das? Hast du den Lohn dabei?« Vom Lager her näherte sich ihnen die Gestalt eines Mannes.

»Vor allem habe ich meine Schwester dabei. Ich erwarte, dass du dich an unsere Abmachung hältst, Viggo!«

Der Mann hatte sie jetzt erreicht.

Im Halbdunkel sah Theda, dass seine Kleidung ihm viel zu weit und vom ständigen Gebrauch verschlissen war. Als er beim Anblick des Kälbchens lächelte, bemerkte sie mehrere Zahnlücken in seinem Gebiss.

»Ein hübsches Tier. Nicht besonders groß, aber kräftig und gesund. Kann es mit dem Pferd Schritt halten?«

»Mit eurem alten Zossen? Mühelos. Der Handel gilt also?« Mattis hielt dem Zigeuner namens Viggo den

Strick des Kälbchens hin.

Dieser ergriff ihn schnell und warf Theda nur einen kurzen Blick zu.

»Das Mädchen soll in den Wagen klettern. Wir verschwinden von hier. Sonst heißt es nachher noch, wir hätten das Tier gestohlen.«

Theda gab Viggo im Stillen recht. Wenn ihr Vater am Morgen das Fehlen des Kälbchens bemerken würde, würde er von einem Diebstahl ausgehen und Himmel und Hölle in Bewegung setzen, um sein Eigentum zurückzubekommen. Sie war sich sicher, dass Mattis das Tier ohne Wissen der Eltern entführt hatte. Und Thedas Verschwinden? Würde er wenigstens versuchen, das zu erklären? Oder würden die Eltern denken, Theda sei mit dem Kälbchen durchgebrannt, was ja gar nicht so weit von der Wahrheit entfernt war.

Noch einmal wandte sie sich ihrem Bruder zu und schlang die Arme um seinen Hals.

»Du gehst jetzt besser. Klettere einfach hinein in den Wagen. Die anderen sind schon eingestiegen.«

Tatsächlich war die Lichtung leer. Alle Zigeuner waren von der Bildfläche verschwunden. Hinter dem Feuer stand ein bunt bemalter Zigeunerwagen mit einem Aufbau aus Holz. Statt einer Tür hing ein dunkler Stoff am hinteren Wagenende bis auf eine Trittstufe herunter. Vorn, vor dem Kutschbock, wartete ein angeschirrter Gaul auf den Beginn der Reise.

»Sag dem Papa, dass ich ihm lieb habe. Und der Mama ... ach, der sag besser Nichts.«

»Ich werde beiden nichts sagen, Theda. Oder meinst du, ich will für dich Lügengeschichten erfinden? Die Wahrheit werden sie nur schwerlich verkraften.«

Seine Worte taten weh, doch Theda wusste, dass Mattis recht hatte. Keine Antwort auf die Frage, wohin seine einzige Tochter verschwunden war, war für Matthias Barrer besser als die Wahrheit.

Sie spürte Tränen in sich aufsteigen und schluckte sie tapfer herunter. Ohne ein weiteres Wort wandte sie sich von Mattis ab. Auch in seinen Augen war sie nun nicht mehr als eine Hure.

Während Theda auf den Wagen mit Holzaufbau zuging, trat Viggo das Feuer aus. Funken stoben hoch bis unter die dicken Zweige der Bäume. Da blickte sich Theda doch noch um, hoffte einen letzten Blick ihres Bruders aufzufangen. Doch der Wald umfing sie mit Dunkelheit und der Mondschein reichte nicht, um Mattis zwischen den Bäumen auszumachen. Er war fort. Würde sie ihn je wiedersehen?

***

»Setz dich hin und halte den Mund.«

Theda gehorchte. Im Wagen herrschte völlige Finsternis. Doch Theda konnte die Anwesenheit mehrerer Menschen fühlen und auch riechen. In dem Zigeunerwagen stank es erbärmlich nach menschlichen Ausdünstungen. Sitzend schob sich Theda in eine Ecke des Wagens, erfühlte, dass diese noch nicht von einem Zigeuner belegt worden war, und versuchte es sich einigermaßen bequem zu machen. Doch als der Wagen sich in Bewegung setzte, schwante ihr Übel. Sie spürte jeden Stoß, jedes noch so kleine Rumpeln im ganzen Körper.

»Hoffentlich schadet es dem Kind nicht«, flüsterte sie und presste den Rücken an die hölzerne Seitenwand. Schon nach kurzer Zeit vermisste sie ihr warmes gemütliches Bett.

Theda schloss die Augen und mit jedem Schritt des Pferdes ließ sie ihr Zuhause und ihr bisheriges Leben weiter hinter sich. Würde sie ihre Eltern und Freunde jemals wiedersehen?

***

Theda erwachte, als ihr jemand auf die Hand trat.

»Autsch!«

Kein Wort der Entschuldigung erklang.

Theda öffnete die Augen und richtete sich mühsam auf. Ihr ganzer Körper schmerzte. Zum ersten Mal sah sie sich in ihrem Reisegefährt um. Überall gab es Kisten und Fässer, die mit Stricken in ihren Positionen gehalten wurden. Dazwischen lagen Decken oder Bündel aus Kleidungsstücken. Nur von ihren Mitreisenden konnte sie nichts entdecken. Aber hören konnte sie sie. Der Wagen hatte angehalten und draußen herrschte reges Treiben. Theda überlegte, ob sie sich einfach wieder hinlegen sollte, doch ein übellauniges Knurren aus der Magengegend sorgte dafür, dass sie sich erhob, den Vorhang zur Seite zog und vorsichtig den ersten Fuß auf die Stufe setzte. Als sie im noch feuchten Gras stand, blickte sie sich um. Der Wagen stand auf einer Lichtung, ähnlich der, auf der sie sich heute Nacht von Mattis verabschiedet hatte. Ein Feuer brannte zwischen Steinen und darüber hing ein Kessel, dessen Inhalt einen würzigen Duft verbreitete. Weiter hinten, am Rande der Wiese, sah sie die Zigeuner am Ufer eines winzigen Baches sitzen und sich notdürftig waschen.

»Wunderbar. Dann riecht es in der kommenden Nacht vielleicht etwas angenehmer im Wagen.«

In diesem Moment trat Viggo neben sie. Er musste im Schatten des Wagens auf sie gewartet haben. Bei Tageslicht war seine Kleidung noch schäbiger, der Körper nahezu ausgemergelt. Theda fühlte bei seinem Anblick so etwas wie Mitleid.

»Hunger?« Er deutete auf den Kessel über dem Feuer. »Ist gleich fertig. Suppe für alle.«

47

Theda bezweifelte, dass sich in dem Topf genug für alle befand, nickte aber dankbar. Viggo lächelte zufrieden.

»Gut. Essen ist wichtig für dich und dein Kind.«

Theda blickte an sich hinunter.

Noch immer war ihr Bauch klein, aber Viggo verfügte augenscheinlich über eine gute Beobachtungsgabe.

»Das Kleine ist der Grund, warum du fort musstest, nicht wahr?«

Theda erschien es sinnlos zu lügen, also nickte sie.

Viggo schüttelte betrübt den Kopf. »Sind die Menschen nicht grausam? Als ob die Liebe ein Verbrechen wäre. Als ob Kinder eine Sünde seien. Ich habe neun Kinder gezeugt, habe jedes von ihnen geliebt und für ihre Mutter getan, was ich vermochte. Im letzten Sommer ging sie von uns. Seitdem sind meine Kinder mein einziger Trost.« Er deutete auf die Gruppe Menschen am Bach. Erst jetzt bemerkte Theda, dass es sich um junge Menschen wie sie selbst und ein paar magere kleinere Kinder handelte.

»Das sind alles deine Kinder? Aber ich zähle nur fünf.«

»Drei sind uns genommen worden, noch bevor sie laufen konnten. Und wer hier fehlt, ist Milan, mein Ältester. Er erkundet das nahe Dorf. Es wird Zeit, Geld zu verdienen. Unsere Vorräte gehen zur Neige. Jetzt noch schneller als gedacht.« Dabei legte er zart und fast schüchtern eine Hand auf ihren Bauch. Theda ließ ihn gewähren und dachte über seine Worte nach. Liebe? Hatte das, was ihr widerfahren war, irgendetwas mit Liebe zu tun? Theda glaubte nicht, dass der Kurfürst sie liebte und sie liebte ihn auch nicht. Es war wohl mehr Begierde gewesen, was sie in diese Situation gebracht hatte. Rückblickend wünschte sie, es wäre Liebe gewesen. Hätte es sich anders angefühlt? Würde es sich jetzt anders anfühlen?

»Ein kleiner, aber freundlicher Ort. Wir können spielen ohne Angst haben zu müssen, Vater.«

Aus dem Nichts erschien neben Viggo ein kleiner, zarter Mann mit dichtem schwarzem Haar, das wie eine Kappe auf seinem Kopf saß. Milan, wie Theda schlussfolgerte. Die Haut des jungen Mannes war dunkel, doch in seinem Gesicht strahlten zwei blaue Augen.

Viggo schien ehrlich erfreut über die Botschaft seines Sohnes, doch Theda hatte sie aufgeschreckt.

»Angst haben? Wovor denn Angst haben?«

Viggo öffnete den Mund, um ihr zu antworten, doch Milan war schneller. »Angst vor den Mistgabeln und Sensen derer, die sich für etwas Besseres halten.« Bei diesen Worten warf er ihr einen geringschätzigen Blick zu und ging raschen Schrittes in Richtung Bachlauf. »Mein Milan ist verbittert. Das Leben meint es in letzter Zeit nicht gut mit uns. Er weiß nicht, was aus ihm, seinen Geschwistern oder mir werden soll.«

»Ich weiß auch nicht, was aus mir werden soll«, flüsterte Theda und schlug die Augen nieder.

»Aber ihr seid doch alle noch so jung. Für die Jugend findet sich immer ein Weg. Die Sonne scheint, heute werden wir arbeiten können und das Essen reicht für alle. Was braucht es mehr, in diesem wunderbaren Augenblick?«

Theda blickte auf und sah Viggo an, der seine Zahnlücken mit einem breiten Lächeln präsentierte. Es war nur ein Gefühl, aber es sagte ihr, dass Viggo ein sehr weiser Mann war, von dem sie noch das ein oder andere lernen konnte.

Fünf

»Warum soll sie nicht mithelfen?«

»Sie ist unser Gast.« Viggos sanfte Stimme schienen beruhigen zu wollen.

»Sie isst unser Essen, schläft in unserem Wagen und das alles wird mit einem mageren Kälbchen belohnt? Wir wissen ja gar nicht, ob und wann wir sie wieder loswerden!«

»Jasmin, meine kleine Blüte. Sie ist doch unsere Art von Arbeit gar nicht gewöhnt. Sie würde uns eher aufhalten, als eine Hilfe zu sein. Zudem trägt sie ein Kind unter dem Herzen und dem soll es gut gehen. Lasst sie einfach im Wagen sitzen.«

»Ich verstehe dich wirklich nicht, Papa. Wie konntest du uns ein völlig nutzloses Weib aufhalsen? Eine, die sich hat schwängern lassen und nun weglaufen muss!«

»Die Liebe, Jasmin, sollte niemand von seiner Schwelle jagen.«

»Ach was, Liebe. Eine kleine Hure ist sie, nichts weiter.«

»Es gibt Leute, die sagen, dass du nur eine dreckige Zigeunerin bist und nichts weiter. Haben sie recht?« Deutlich war zu hören, wie sehr Viggo die Worte seiner Tochter missfielen.

»Es gibt auch Leute, denen fehlen wohl noch nicht genug Zähne!«

Theda verbiss sich ein Lachen. Auch sie hatte gern und oft mit ihrem Vater gestritten, aber solche Wiederworte zu geben, hätte sie sich nie getraut. Gleichzeitig verspürte sie einen Zorn, der drohte ihr Innerstes zu zerfressen. Jasmin, ein hübsches Mädchen mit langen schwarzen Locken, die ihr bis auf den Hintern fielen, hielt sie für einen nutzlosen Taugenichts! Noch nie war Theda irgendwem eine Last gewesen und sie wollte es auch nicht sein.

Und was für eine Arbeit sollte das sein, die sie nicht auch schaffen konnte? Sie war auf einem Bauernhof aufgewachsen. Dort gab es immer Arbeit und nie war Theda etwas zu schwer gewesen.

Einen kurzen Augenblick noch zögerte sie. Es widerstrebte ihr, sich mit Zigeunern zu verbrüdern. Menschen, die bis vor kurzem noch weit unter ihrem Stand gewesen waren. Doch als eine Person, die sich von Zigeunern aushalten lassen musste, kam sie sich noch wesentlich schäbiger vor.

Entschlossen trat Theda aus dem Wagen heraus, in dem sie nach dem kargen Mahl ein wenig geschlummert hatte, neuerdings war sie häufig müde und trat vor die Zigeuner. Viggo saß im Kreise seiner Kinder im Gras und sah sie erwartungsvoll an. Jasmin, die kaum älter sein konnte als Theda, flocht gerade ihr langes Haar zu einem Zopf. Die dunklen Augen in ihrem braungebrannten Gesicht waren fest auf Theda gerichtet und voller Ablehnung. Der Blick Milans und der seiner jüngeren Geschwister waren unergründlich.

»Ich bin kein verwöhntes, kleines Mädchen. Ich kann hart arbeiten. Ich habe gelernt zuzupacken. Gebt mir eine Aufgabe und ich werde sie erfüllen.«

Jasmin lachte abfällig und warf den Zopf auf den Rükken. Ein kleiner Junge, vielleicht auch ein Mädchen mit überraschend blauen Augen und einem offenen Gesicht, fragte sie nicht wenig neugierig und zugleich zweifelnd: »Und was kannst du?«

Theda war irritiert. Nie zuvor war sie nach ihren Fähigkeiten gefragt worden. Arbeit war da, um erledigt zu werden, unabhängig von den Fähigkeiten des Arbeitenden.

Sie überlegte laut.

»Ich kann melken und ausmisten. Ich kann schwere Milchkannen schleppen. Ich kann einen Hof in Ordnung halten und auch ein wenig kochen.«

»Großartig«, spottete Jasmin. »Damit wird sie es auf dem Dorfplatz weit bringen.«

»Auf dem Dorfplatz?« Theda war verwirrt. Was für eine Arbeit sollte es auf dem Dorfplatz schon geben?

»Kannst du vielleicht tanzen? Oder singen?«, fragte Viggo und sah sie aufmerksam an.

»Kannst du jonglieren, auf dem Seil balancieren oder deine Nase mit den Zehen berühren?«, fragte der kleine Junge mit den blauen Augen.

Allmählich dämmerte es Theda. Viggo und seine Kinder waren Gaukler. Sie selbst hatte schon einige Male die Fähigkeiten umherziehender Spielmänner auf ihrem Dorfplatz bewundert. Nie war ihr der Gedanke gekommen, wie und unter welchen Bedingungen diese Menschen lebten. Sie kamen und gingen und so mancher reiche Bauer steckte ihnen für ihre Künste eine Münze oder einen Laib Brot zu.

Theda überlegte fieberhaft, was sie beitragen konnte. Als Kind war sie gern in Bäumen herumgeklettert, aber half ihr das jetzt irgendwie weiter? Wohl kaum. Schon wollte sie ihre Unfähigkeit in allen Künsten offenbaren, da meldete sich Milan zu Wort.

»Sie ist hübsch. Die Leute werden Gefallen an ihr finden. Wir putzen sie standesgemäß heraus und lassen sie die Gaben einsammeln.«

Betteln sollte sie? Theda spürte, wie die Farbe aus ihrem Gesicht wich.

»Kommt nicht in Frage«, widersprach Jasmin entschieden. »Das war und bleibt Hildas Aufgabe. Die Leute geben gern und reichlich, wenn ein niedliches, kleines Mädchen sie darum bittet.«

»Tja, das war früher so. Doch mittlerweile ist unsere Hilda zu einer frechen Göre herangewachsen und hat ihre Niedlichkeit verloren«, gab Viggo lächelnd zu bedenken. Daraufhin streckte ihm ein etwa zehnjähriges

Mädchen die Zunge heraus. Hilda, wie Theda vermutete.

»Lass es sie doch versuchen«, schlug der kleine Blauäugige vor. »Hilda kann mit mir auf dem Seil tanzen. Wir haben in der letzten Zeit viel geübt.«

Viggo sah Theda mit seinen warmen Augen an.

»Theda, möchtest du uns heute helfen?«

Theda zögerte. Doch als sie Jasmins spöttischen Blick auf sich spürte, nickte sie kräftig und Jasmin gab einen verächtlichen Laut von sich.

»Nun, dann sollten wir dich standesgemäß zurechtmachen. So kannst du uns keinesfalls eine Hilfe sein.«

Theda sah an sich herab. Sie trug einen leichten grauen Wollrock, eine schlichte, helle Bluse und darüber ihr wärmendes Tuch, auch wenn sie es jetzt nicht brauchte. Die Haare trug sie unter der verhassten Haube, an die sie sich in den letzten Wochen gewöhnt hatte, um die Mutter nicht unnötig zu reizen. Ihre Füße steckten in ihren geliebten Holzschuhen.

»Aber ich habe doch gar nichts anderes«, wandte sie ein.

»Jasmin wird dir etwas zusammenstellen. Geh nur mit ihr in den Wagen. Sie wird etwas für dich finden.«

»Wie soll ich für die kleine Dicke etwas zum Anziehen finden? Ich besitze keinen Rock, der ihr passt.«

Bestürzt blickte Theda auf die gertenschlanke Jasmin und musste ihr recht geben. Mit ihrem wachsenden Babybauch würde sie unmöglich in einen ihrer Röcke passen.

»Ich dachte gar nicht an deine wenigen Kleider, Jasmin, sondern an die deiner Mutter. Unter ihnen dürfte sich etwas für unsere neue Freundin finden lassen«, versetzte Viggo lächelnd und ignorierte Jasmins entsetzten Blick.

»Theda. Ich heiße Theda.«

»Sei uns willkommen, Theda. Ich bin sicher, du wirst mir und den meinigen Glück bringen.«

Theda war von sich selbst überrascht. Noch vor ein paar Stunden war sie entschlossen gewesen, die Zeit mit den Zigeunern einfach auszusitzen und so wenig wie möglich mit ihnen in Kontakt zu kommen. Jetzt stand sie nur mit einem Hemd bekleidet neben Jasmin im Wagen und ließ sich von ihr ausstaffieren.

»Nimm endlich diese furchtbare Haube ab. Man weiß ja gar nicht, ob du Haare darunter verbirgst oder eine Glatze. Ah, es sind doch Haare. Ich werde dir ein Tuch hineinflechten, dann siehst du schon fast aus wie eine von uns.« Sie warf Theda einen abgetragenen Flickenrock zu, der muffig roch und dessen grelle Farben Theda abschreckten. Doch sie schlüpfte gehorsam hinein und versuchte, ihn zuzuknöpfen. Es gelang nicht ganz.

»Wie ist denn das möglich?«, murmelte Theda erstaunt. Noch vor wenigen Tagen war ihr Bauch klein und unauffällig gewesen. Jetzt schien er über Nacht angeschwollen zu sein.

»Dein Bastard wächst schneller und schneller. Bald wirst du dich selbst nicht mehr wiedererkennen«, erwiderte Jasmin und warf ihr ein buntes Tuch zu. »Binde dir das als Schärpe um. Dann wird niemand bemerken, dass der Rock nicht wirklich passt. Und jetzt komm her, damit ich dir das Tuch in die Haare binden kann!«

Gehorsam hielt Theda still und gab keinen Mucks von sich, obwohl Jasmin nicht gerade zimperlich mit ihr umsprang. Als die Verkleidung fast fertig war, rang sie sich aber doch zu einer Frage durch. »Warum verachtest du mich so sehr, Jasmin? Habe ich dir irgendetwas getan?«

»Du? Mir? Ich denke nicht. Und genau genommen verachte ich nicht dich, sondern deine Dummheit.«

»Meine Dummheit?«

Natürlich! Oder wie würdest du es nennen? Du hattest

ein Heim, du hattest eine Zukunft! War er das wert, das alles zu verlieren?« Jasmin schüttelte ärgerlich den Kopf. »Mein Vater faselt von Liebe, als ob sie einem den Magen füllen oder kleiden könnte. Kann sie aber nicht. Liebe ist kein guter Ratgeber.«

»Ich habe ihn ja gar nicht geliebt.«

»Umso dümmer war dein Handeln.« Jasmin schlug die Kiste mit den abgelegten Kleidern zu und bedeutete Theda aus dem Wagen zu steigen. »Raus mit dir und lass dich begutachten. Und glaube meinem Vater bloß nicht, wenn er dir sagt, wie bezaubernd du aussiehst. Das sagt er immer und jedem.«

Mit diesen Worten im Ohr stieg sie aus dem Wagen. Als Viggo sie sah, lächelte er.

»Du siehst bezaubernd aus, Theda.«

Theda lächelte Viggo an und glaubte es ihm einfach trotzdem. Sie fühlte sich fremd mit dem geflochtenen Zopf, in dem ein buntes Tuch leuchtete, dem bunten Rock und den nackten Füßen. Aber auch seltsam frei. Als hätte sie sich von einer unsichtbaren Last befreit. Milan, der auf einem Stein hockte, musterte sie von Kopf bis Fuß und nickte.

»Ja. So wird es gehen.«

***

Zuerst kostete es Theda einige Überwindung, mit dem geflochtenen Körbchen in der Hand, auf die fremden Menschen zuzugehen. Doch, nach einiger Zeit, fand sie Gefallen an ihrer Maskerade und ihrer neuen Rolle. Niemand hier kannte sie. Sie war für die Menschen, die mit offenen Mündern die Gaukler begafften, eine Fremde. Es fühlte sich gut an. Zu den Klängen von Milans Laute und seinem fröhlichen Gesang bewegte sie sich durch die Menge und verfiel immer wieder in kleine Hopser und

Tanzschrittchen. Gebannt verfolgte sie den Seiltanz der Kleinen, erstarrte vor Schreck, als Viggo vor aller Augen die lange Klinge eines Dolches verschluckte und beobachtete aus den Augenwinkeln Jasmin, die den jungen Mädchen des Dorfes die Zukunft aus der Hand las. Und als Milan die Laute wegstellte und mit drei Bällen gleichzeitig jonglierte, vergaß sie für einen Moment ihre Aufgabe, stand als Zuschauer unter den Zuschauern und gaffte mit offenem Mund. Ihr Körbchen füllte sich. Es waren einige Münzen und so mancher gab, was er gerade in der Tasche hatte. So fanden sich auch ein Apfel, eine Garnspule und ein Knopf darin. Theda freute sich über jede Gabe und lächelte jedem Geber freundlich zu. Schließlich, nach der Vorstellung, überreichte sie Viggo ihr Körbchen. Der warf einen Blick hinein und lächelte milde.

»Es wird reichen, um unsere Mägen eine Weile zu füllen. Sicher reicht es auch für einen Stoffrest, damit wir deinen Rock erweitern können.« Theda war nicht wohl dabei, dass Viggo Geld für ihre Garderobe ausgeben wollte, fehlte es seiner eigenen Familie doch am Nötigsten, aber sie war ihm auch sehr dankbar. Obwohl sie den Rock nicht ganz geschlossen hatte, kniff er ihr in die Seite.

***

Am Abend brannte auf der Lichtung vor dem Zigeunerwagen ein lustiges Feuer und Theda hockte zwischen den Zigeunern und genoss eine vollwertige Mahlzeit. Sie war stolz darauf, ihren Teil dazu beigetragen zu haben und auch Viggos Kinder waren ihr jetzt freundlicher gesinnt. Sogar Jasmin hatte sich im Laufe des Abends das ein oder andere Lächeln abgerungen. Nur, als Theda sie gebeten hatte, ihr die Zukunft aus der Hand zu lesen, hatte Jasmin verärgert geantwortet:

»Du wirst doch nicht an solchen Unsinn glauben!«

Nach und nach zogen die Kleinen sich verhalten gähnend in den Wagen zurück. Auch Jasmin entschuldigte sich und Viggo schloss einfach seine Augen und schlief ein, wo er gerade saß.

Plötzlich fand sich Theda allein mit Milan am Feuer wieder. Milan, der sie ernst und interessiert anblickte.

»Erklärst du mir, warum wir dich am Hofe des Kurfürsten abliefern sollen? Ist einer seiner Diener der Vater deines Kindes?«

Einen Moment lang erwog es Theda, zu lügen. Doch dann sagte sie trotzig: »Nein. Er ist es selbst.«

Milan schien verdutzt. Dann fragte er: »Und was willst du dann dort?«

Jetzt war es an Theda verdutzt dreinzublicken.

»Was für eine Frage. Ich will, dass er für mich und sein Kind eine Lösung findet. Jemand muss für uns sorgen. Wir können schließlich nicht unter Brücken schlafen.«

Milan zog skeptisch die Augenbrauen hoch.

»Warum sollte es den feinen Herren kümmern, wo du schläfst? Er schuldet dir nichts.«

»Aber es ist sein Kind«, protestierte Theda.

»Hoffentlich glaubt er dir das auch. Sicher gibt es viele wie dich, die auf seine Milde hoffen.«

»So einer ist er nicht.«

»Kennst du ihn so gut?«

Theda überlegte. Dann sagte sie: »Ich habe seine Traurigkeit gesehen. Er ist ein guter Mensch. Er wird mir helfen.«

Milan lehnte sich zurück und schloss die Augen.

»Dann hoffe ich für dich, dass du recht hast. Und falls nicht, kann ich dir ja immer noch jonglieren beibringen.«

»Jonglieren? Selbst, wenn ich es lernen könnte, würde ich nicht den Rest meiner Tage in einem Wagen durch das Land reisen wollen.«

Milan beugte sich vor und sah sie an. Sie sah seine ebenmäßigen Gesichtszüge, sein volles Haar und erkannte, dass er schön war. Vielleicht der schönste Mann, dem sie je begegnet war.

»Das will niemand. Aber manche von uns haben keine andere Wahl. Ob du eine Wahl hast, wird sich wohl erst noch zeigen müssen.«

Theda erhob sich abrupt und kroch zu den anderen Schläfern in den Wagen. Sie legte sich in ihre schon vertraute Ecke und schloss die Augen. Doch der Schlaf wollte sich nicht einstellen. Immer wieder kreisten ihre Gedanken um die Unterhaltung mit Milan. Was, wenn sie sich irrte, wenn der Kurfürst ihr keine Hilfe zuteilwerden lassen würde? Was blieb ihr dann noch?

»In der allergrößten Not muss ich wohl wirklich jonglieren lernen«, sagte sie zu sich selbst.

Irgendwo im Dunkeln hörte sie ein unterdrücktes Kichern. Theda schloss die Augen und sprach ein leises Gebet. Als sie zum wiederholten Male um himmlischen Beistand flehte, schlief sie ein.

***

In den nächsten Tagen lernte Theda nicht jonglieren, sondern singen, denn Milan hatte sich erkältet und musste seine Stimme schonen. So flüsterte er Theda die Texte der Lieder ins Ohr und spielte dazu, während sie ihr Bestes gab Worte und Melodie wiederzugeben. Milan entpuppte sich als geduldiger Lehrer. Nie wurde er ärgerlich, wenn Theda wieder einmal den Faden verlor und wann immer sie stockte, schenkte er ihr ein aufmunterndes Lächeln.

Als Theda vorschlug, mit dem Kälbchen eine Dressurnummer einzustudieren, wollte er sich ausschütten vor

58

Lachen und gelegentlich bedachte er sie mit einem Blick, wie Theda ihn noch nie im Gesicht eines Mannes bemerkt hatte. Es verursachte bei ihr ein leichtes Prickeln im Nacken. Auch Milans Lächeln veränderte sich mehr und mehr, wie es Theda schien. Am Anfang war es eher nachsichtig, manchmal auch spöttisch gewesen. Doch je mehr Zeit sie miteinander verbrachten, desto wärmer wurde sein Blick, desto mehr strahlte er von Innen, wenn sie sich neben ihn setzte.

Theda spürte seine und ihre eigene Verwirrung. Etwas zwischen ihnen wandelte sich, doch sie konnte es nicht benennen.

Abends am Feuer sprach Viggo mit Theda viel und gern über die wahre Liebe und Theda begriff, dass er dabei in gewissem Sinne immer von sich und seiner verstorbenen Frau erzählte. Das stimmte Theda traurig, doch auf der anderen Seite, fand sie, konnte Viggo sich glücklich schätzen, dass er die wahre Liebe hatte erleben dürfen. Theda, deren Bauch nun täglich runder zu werden schien, würde sich mit weniger zufrieden geben müssen, das war gewiss.

Sogar Jasmin gab sich Mühe, freundlich zu Theda zu sein und änderte ihr sogar den eigenen, sowie auch den Flickenrock um, so dass sie jetzt in der Weite verstellbar und noch einige Monate ausreichend waren.

So bequem ihre Kleidung jetzt auch war, die Nächte in der Ecke des Zigeunerwagens waren es nicht. Oft wusste Theda nicht, wie sie sich drehen und wenden sollte. Der Bauch wurde zunehmend zu einem Hindernis. Manchmal lag sie stundenlang wach und lauschte den regelmäßigen Atemzügen der anderen. Als sie in einer dieser schlaflosen Nächte den Wohnwagen verließ, traf sie im Schein des fast schon verloschenen Lagerfeuers auf Milan, der nachdenklich in die Glut blickte. Er hob den Kopf, als sie näher trat und fragte: »Kannst du nicht schlafen?«

Theda schüttelte den Kopf und ließ sich neben ihm schwerfällig zu Boden sinken.

»Nun, der Grund dafür ist wohl offensichtlich.«

»Bei mir schon, aber was ist mit dir?«

Milan zuckte die Achseln.

»Was soll schon mit mir sein? Ich sitze hier und vergeude mein Leben. Wie jeden Tag aufs Neue.«

Theda sah ihn überrascht an.

»Wie meinst du das?«

»Na, wie meine ich das wohl?« Milan zerbrach einen Zweig zwischen den Fingern und warf ihn ins Feuer. »Ich ziehe mit meinem Vater und meinen kleinen Geschwistern durch die Lande und lasse tagein, tagaus Bälle durch die Luft fliegen. Ich habe nicht nur keine Zukunft, ich habe auch keine Gegenwart. Und weißt du, was das Schlimmste daran ist? Es wird sich niemals ändern.«

In Theda sträubte sich alles gegen seine Worte. Aufbegehrend zischte sie, um die anderen nicht zu wecken, so leise sie konnte: »Das ist doch gar nicht wahr! Du bringst den Menschen Freude! Sie lachen und vergessen ihre Alltagssorgen. Glaubst du, das ist weniger wert, als das Melken einer Kuh oder das Backen von Brot? Menschen müssen lachen! Und glaube bloß nicht, dass das Leben in einem Haus und die Arbeit auf dem Hof jeden Tag eine Erfüllung ist! Ich zumindest könnte mir was Besseres vorstellen.«

Er wandte ihr das Gesicht zu und lächelte schief:

»Aber wir bekommen nicht immer, was wir wollen, nicht wahr? Oder bist du der Meinung, dass du dich weiterentwickelt hast?«

»Zumindest hat sich mein Leben verändert.«

»Herzlichen Glückwunsch dazu«, erwiderte Milan lachend und machte eine Handbewegung in Richtung des Wohnwagens. Theda knuffte ihn in die Seite. Dann sagte sie: »Wir haben alle Wünsche und Hoffnungen und viele lassen sich nicht verwirklichen. Es ist egal, wie reich oder arm du bist, Wünsche haben wir alle. Dein Vater macht es richtig, Milan. Er freut sich an dem, was er hat und er glaubt an die Liebe und daran, dass es darauf ankommt, mit wem man sein Leben verbringt und nicht wo. Wir können viel von ihm lernen.«

»So siehst du das?«

»Ja, so sehe ich das«, antwortete Theda mit fester Stimme und sah in die Glut.

Die Berührung seiner Lippen traf sie unvorbereitet und sein Kuss landete irgendwo zwischen Schläfe und Wangenknochen. Völlig überrumpelt sah sie in seine hellen Augen, wollte etwas sagen, doch da waren keine Worte.

»Dann bleib bei mir. Wenn dir Viggos Einstellung so zusagt, dann wage doch ein Leben an meiner Seite. Liebe kann ich dir geben, kleines Mädchen, aber leider auch nicht mehr.«

In Thedas Kopf drehte sich alles. War das so eine Art Antrag? Sie blickte Milan tief in die Augen, suchte darin nach einer Antwort und erhielt stattdessen einen weiteren, diesmal wesentlich besser gezielten Kuss.

Als ihre Lippen sich voneinander lösten, spürte Theda eine seltsame Leichtigkeit und eine fast überschwängliche Freude. War das Liebe?

Ein Tritt unter ihrem Rippenbogen brachte sie zurück in die Wirklichkeit. In eine, im doppelten Sinne, schmerzhafte Wirklichkeit. Ihr Gesicht verdüsterte sich und Milans seliges Lächeln gefror ihm auf den Lippen, als er ihren Stimmungsumschwung bemerkte.

»Das Kind«, murmelte sie.

»Ja. Das Kind«, erwiderte er.

»Es geht hier nicht nur um mich. Es geht auch um mein Kind.« Und noch bevor sie ihm erklären konnte, wie wichtig es war, die Zukunft des Kindes zu sichern, war Milan auf die Füße gesprungen und im Dunkel der

Nacht verschwunden.

***

Die Tage glitten dahin, ohne dass Theda wusste, wo genau sie sich eigentlich befanden. War es noch weit bis nach Brühl? Wie weit hatte sie sich bereits von ihrem Heimatort entfernt? Waren es mehrere Tagesreisen? Sie konnte es schlecht schätzen, weil Viggo manchmal nur kurze Strecken bis zur nächsten Ortschaft zurücklegte, ein anderes Mal aber auch wieder stundenlang das Pferd antrieb, während das Kälbchen nebenher trottete. Milan sprach seit jener Nacht am Lagerfeuer nur noch das Nötigste mit ihr und vermied es, Zeit mit ihr allein zu verbringen. Theda wusste, dass sie ihn verletzt hatte. Sie hatte ihn zurückgewiesen, hatte ihm bestätigt, was er selbst zu wissen glaubte. Dass er und seine Existenz wertlos waren. Zu gerne hätte Theda ihm dies ausgeredet, doch sie konnte ihn nicht mehr erreichen. Sein Blick war verschlossen, wann immer sie ihn suchte. Es tat ihr weh. So sehr, dass es sie überraschte. Hatte sie sich etwa in einen Zigeuner verliebt?

Dann, nach einer weiteren durchfahrenen Nacht, in der es unablässig geregnet hatte, empfahl ihr Viggo, sich in ihre eigenen Sachen zu kleiden und sich bereitzuhalten. Theda spürte Nervosität in sich aufsteigen. Jasmin ließ ihren Rock noch einmal aus, soweit es ging, und nähte schließlich einen Keil hinein. Dankbar drückte Theda ihr die Hand und schlüpfte in ihre Holzschuhe.

Dann wartete sie. Sie wartete angespannt auf die Rückkehr Milans, der wie stets als Kundschafter losgezogen war, während Viggo mit den Kindern im Schutz eines Wäldchens ausharrte. Theda war es, als warteten sie diesmal eine Ewigkeit. Endlich hörte sie ein sich näherndes, fröhliches Pfeifen. Sie sprang auf. Schon erschien Milans

dunkler Schopf im Spalt zwischen Vorhang und Rahmen
des Zigeunerwagens.

»Er ist hier, in seinem Schloss. Ein gewaltiger Bau.
Wenn du möchtest, bringe ich dich jetzt gleich bis zur
Pforte. Doch von da ab musst du allein weitergehen.«

Theda spähte an Milan vorbei ins Freie. Der Morgen
war jung. Tau lag auf der Wiese, auf der sie Halt gemacht
hatten. Wann war der beste Augenblick für ihr Vorhaben?

»Soll ich jetzt gehen oder noch etwas warten und macht
es einen Unterschied?«

Da spürte sie, wie jemand ihr Handgelenk umfasste.

»Gib schon her«, sagte Jasmin barsch, drehte Thedas
Handfläche ins Licht und blickte konzentriert auf die
Falten und Linien.

Als sie die Hand fallen ließ, war ihre Miene unergründlich.

»Es macht keinen Unterschied. Nichts wird kommen,
wie du es erwartest. Doch, wenn du die richtigen Entscheidungen triffst, wirst du ein sorgenfreies Leben führen können.«

»Was sind denn die richtigen Entscheidungen?«

»Woher soll ich das wissen? Das Nachdenken nimmt
dir keiner ab. Doch wir zwei sind uns nicht zum letzten
Mal begegnet, Theda. Da bin ich mir sicher.« Theda war
sich nicht sicher, ob Jasmins Worte eine Drohung oder
ein Versprechen darstellten. Einen kurzen Moment lang
sah sie sich mit Lederbällen das Jonglieren erlernen. Das
half bei der Entscheidungsfindung. Sie stieg aus dem Zigeunerwagen.

»Milan? Kannst du mich bitte augenblicklich zum
Schloss bringen?«

Sie hatte Zorn oder Ärger erwartet, gehofft, er würde
versuchen, sie zurückzuhalten, gewünscht er würde sie
küssen, wie in jener Nacht am Feuer. Doch nichts der-
gleichen geschah.

Galant reichte er Theda den Arm. Als Theda an seiner Seite über die Wiese schritt, war Viggo plötzlich neben ihr und lächelte sie mit seinem lückenhaften Gebiss an. Es war seine Art ihr Lebewohl zu sagen.

»Danke, für alles, Viggo. Du bist ein guter Mensch«, sagte Theda warm und reichte ihm die Hand. Viggo drückte sie kurz und blieb dann hinter ihnen zurück. Theda sah sich nicht mehr um. Der Zigeunerwagen lag hinter ihr. Er war Vergangenheit. Nur ein kurzes Zwischenspiel auf ihrem Lebensweg. Sie würde nicht hierher zurückkehren, gleichgültig, was Jasmin auch in ihrer Hand gesehen haben mochte und egal, was ihr Herz für Milan empfinden mochte.

Sechs

»Da wären wir also. Zu schade, dass er dich als Mann der Kirche nicht heiraten kann, siehst du dich nicht schon als Herrin des Hauses«, spottet Milan an Thedas Seite.

Der Spott in seiner Stimme verletzte sie, doch Theda erwiderte nichts. Sie starrte auf das imposante Gebäude und den weiten Vorplatz. Nie war sie sich kleiner vorgekommen als in diesem Moment. Hatte das Jagdschloss des Kurfürsten sie schon beeindruckt, so wurde sie von dem, was sich jetzt vor ihr erhob, schlichtweg erschlagen. Die Ausmaße des Gebäudes, mit seiner gewaltigen Fensterfront, übertrafen alles, was sie sich jemals vorgestellt hatte. Ihr ganzes Dorf hätte in dem Schloss Platz gefunden ohne, dass ein Platzmangel für irgendjemanden entstanden wäre.

»Es soll dem großen Schloss des französischen Königs nachempfunden sein. Haben mir zumindest die Leute erzählt«, sagte Milan gerade neben ihr. Theda zweifelte keinen Augenblick daran.

»Wohin des Weges?« Ein Diener in Livree vertrat ihr den Blick auf das Schachbrettmuster des Vorplatzes und sah sie misstrauisch an.

»Zum Kurfürsten«, sagte Milan betont heiter.

»Man erwartet mich in der Küche«, rief Theda hastig aus. Ihr war soeben klar geworden, dass sie das Schloss nur durch den Dienstboteneingang betreten konnte.

Jeder andere Weg war einem einfachen Mädchen wie ihr bestimmt versperrt. War sie aber erst einmal im Innern, so würde sich schon ein Weg finden bis zum Kurfürsten vorzudringen.

Der Diener in Livree schien von ihren beiden Antworten wenig beeindruckt. »Ihr verschwindet besser von hier, bevor ich euch Beine mache«, erwiderte er im scharfen Ton, wandte sich brüsk ab und stolzierte in Richtung Tor davon.

Milan kicherte, während Thedas Schultern mutlos nach unten sanken. »In der Küche? Was sollte das denn?«

»Das war zumindest schlauer, als einfach mit der Wahrheit herauszuplatzen«, entgegnete Theda wütend. »Meinst du, es wird jeder vorgelassen?«

»Nun, sicherlich keiner, der schon draußen am Tor zwei Geschichten zum Besten gibt«, meinte Milan glucksend.

»Das ist überhaupt nicht komisch. Was sollen wir denn jetzt tun?«

»Wir? Genau genommen ist es ja dein Problem, kleines Mädchen. Aber, da ich dich ja nicht einfach dir selbst überlassen kann, wie du gerade bewiesen hast, werde ich dir noch ein kleines Stück weiterhelfen. Du bist also immer noch davon überzeugt, dass du dort hinein musst?«

Theda hörte den fast flehenden Unterton in seinen Worten, doch sie nickte.

»Schön!« Milan straffte die Schultern. »Dann machen wir es doch auf meine Art.« Damit zog er Theda hinter sich her und lief mit schnellen Schritten los.

»Aber wo willst du denn hin?«

»Einen anderen Eingang suchen.«

Eine Weile stolperte Theda hinter Milan her, der zielstrebig einen ihr unbekannten Weg einschlug, der an der Schlossmauer entlang führte.

»Weißt du, was du tust oder rennen wir hier auf gut Glück durch die Landschaft?«, fragte Theda argwöhnisch und stieß einen unterdrückten Fluch aus, als Milan plötzlich stehen blieb und sie schwungvoll auflief. Doch anstelle sofort zurückzuzucken, hielt Theda inne, presste kurz ihr Gesicht an Milans weites Hemd und sog seinen Duft ein.

Gänseblümchen. Milan roch nach Gänseblümchen. Theda schloss verzückt die Augen.

»Hier steht ein Baum, nah an der Mauer. Seine Zweige sind stark genug, um dich zu tragen. Heute. Bald hält er dich wahrscheinlich nicht mehr aus, wenn du weiter so zulegst. Also rauf mit dir und viel Glück.«

Theda wollte auf seine Unverschämtheit etwas Passendes erwidern, riss dann aber die Augen auf. »Ich soll über diese Mauer steigen?

Und was ist dahinter?«

»Der Schlosspark. Wenn es dir gelingt, nicht ausgerechnet dem Kerl von vorhin vor die Füße zu stolpern, sollte es dir auch gelingen, unbehelligt bis ins Schloss zu kommen. Wie du dann allerdings bis zum Kurfürsten gelangen willst, ist dein Problem. Das wirst du vor Ort lösen müssen.«

Theda überlegte kurz und entschied dann, dass Milans Idee gar nicht so dumm war. Sie streifte die Holzschuhe von den Füßen und machte sich daran den Baum zu erklettern.

»Mach schnell, kleines Mädchen! Wenn uns jemand sieht, ist das Spiel aus noch, bevor es begonnen hat.«

Theda kletterte schneller. Sie schob sich einen kräftigen Ast entlang, erreichte die Mauer und erspähte auf der anderen Seite dichtes Buschwerk. Mit einem Satz saß sie auf dem Mauersims und ließ sich langsam auf der anderen Seite herunter. Schließlich ließ sie los und landete auf weichem Erdboden.

»Ich danke dir! Ich werde dir das niemals vergessen!«, rief sie über die Mauer, doch sie erhielt keine Antwort mehr. Milan war fort. Ihr war, als spürte sie einen schmerzhaften Stich in der Brust. Jetzt war Theda ganz auf sich gestellt.

***

Hier stand sie. Barfuß in einem Schlossgarten von unbekannten Ausmaßen und ohne Hilfe und ohne Plan. Theda spürte, wie Hoffnungslosigkeit sich in ihr breit machte. Wie lange würde es dauern, bis man sie aufgriff?

Den Schutz der Büsche nutzend, schlich sich Theda weiter an der Grundstücksmauer entlang. Durch das Blattwerk konnte sie Spazierwege und kunstvoll angelegte Hecken ausmachen, aber ein Gebäude sah sie nicht. Sie schlich weiter. War sie auf dem richtigen Weg, oder entfernte sie sich wieder vom Schloss? Der Park ging langsam aber sicher in einen gepflegt wirkenden Wald über. Das war kein gutes Zeichen. Sollte sie besser umdrehen?

Da konnte sie endlich zwischen Stämmen und Geäst ein helles Bauwerk ausmachen. Langsam pirschte sie sich näher heran. Als die Bäume ihr keinen Schutz mehr boten, bemühte sie sich möglichst gelassen aber zielstrebig weiterzugehen, so als hätte sie eine Aufgabe zu erledigen. Mit etwas Glück, so dachte sie, würde jemand der ihren Weg kreuzte, sie für eine Dienstbotin halten.

Je näher sie dem Gebäude kam, desto verwirrter wurde sie. Es handelte sich zweifellos um ein Schloss, doch es war wesentlich kleiner als das Gebäude, vor dem sie mit Milan gestanden hatte. Konnte es sein, dass es mehrere Schlösser im selben Park gab? Sie wurde langsamer. Was war das für ein Gebäude? Es erinnerte sie entfernt an den Jagdstern, auf dem alles begonnen hatte. Doch seine Mauern waren nicht aus rotem Backstein, sondern weiß getüncht. Das Dach war nicht aus leuchtendem Kupfer, sondern aus schwarzem Schiefer. Es hatte eine breite Fensterfront und wurde links und rechts von niedrigen Nebengebäuden flankiert. Auf dem eher kleinen Vorplatz war kein Mensch zu sehen.

Theda holte tief Luft. Sie hatte keine Wahl. Sie musste den Kurfürsten finden und sie konnte mit ihrer Suche ebenso gut hier beginnen, wie in dem anderen Schloss.

Dieses kleinere Schloss war ihr sowieso sympathischer.

68

Sie überquerte den Vorplatz, ohne auf einen Menschen zu treffen und erreichte die zweiflügelige Tür. Als sie sie mutig aufzog und in die kühle Halle trat, näherte sich ihr ein älterer Mann in blauem Rock und mit weiß gepuderter Perücke. Sein Gesicht strahlte Güte und Neugier aus. Trotzdem begann Theda unwillkürlich zu zittern.

»Nun, wohin des Weges, junge Dame? Sucht sie jemanden?«

Theda erwog noch einmal das Märchen mit der Küche vorzubringen, doch es fiel ihr schwer unter dem Blick der klaren blauen Augen, der auf ihr ruhte, eine Lüge zu formulieren. Also sagte sie: »Ich suche den Kurfürsten. Ich habe eine weite Reise hinter mir und bin in einer dringenden Angelegenheit hier. Ich muss ihn sprechen.«

Einen Moment war alles still. Der alte Mann musterte sie von oben bis unten und Theda sah sich schon wieder außerhalb der Mauern des Schlosses, fortgejagt wie einen streunenden Hund.

»Was hat sie vorzubringen? Sie möchte es zuerst uns sagen. Eventuell können wir ihr helfen.«

»Seid Ihr ein Freund vom Kurfürsten?«

»Freund ist ein großes Wort. Es trifft es wohl nicht ganz.«

»Er erzählte mir, sein bester Freund sei bei einem Duell gestorben. Er wird doch nicht sein Einziger gewesen sein, das wäre ja furchtbar.«

Dem Herrn im blauen Rock entfuhr ein überraschter Ausruf. »Er sprach mit ihr über Herrn von Roll? Wie ist das möglich? Wer ist sie?«

Theda schwitzte. Instinktiv verbarg sie die zitternden Hände in den Taschen ihrer Schürze. Und da war er! Der Messingknauf! Kühl und schwer.

Hastig riss sie ihn hervor und hielt ihm dem völlig verdutzten Manne hin.

»Zeigen sie ihm das! Mein Name würde nichts nützen,

er würde dem Kurfürsten nichts bedeuten. Aber an diesen Knauf wird er sich erinnern. Bringen Sie ihm dies und sagen Sie ihm, ich brauche Hilfe!«

Verwundert und auch fasziniert nahm der Fremde den Messingknauf aus ihren zitternden Fingern und wog ihn in der Hand. Dann deutete er zu Thedas Überraschung eine Verbeugung an, drehte sich um und entfernte sich. Theda blieb zitternd in der Halle zurück. Noch hatte sie nichts erreicht. Sie war möglicherweise einen Schritt weiter, doch noch war für sie und ihr Kind nichts gewonnen.

***

Es dauerte nur wenige Minuten, bis der Herr in Blau zurückkehrte, doch Theda kamen sie vor wie eine Ewigkeit.

Sie konnte vor Aufregung kaum noch atmen, doch der Herr schenkte ihr ein aufmunterndes Lächeln und verhinderte so unwissend eine drohende Ohnmacht.

»Sie darf mich begleiten. Ich bringe sie in den chinesischen Salon.«

In den folgenden Augenblicken vergaß Theda dann tatsächlich fast, Luft zu holen. Die Schönheit der Räumlichkeiten, die verzierten Kamine und Spiegel, die kostbaren Tapisserien und Möbel überwältigten sie.

Dann stand sie plötzlich vor ihm.

Langsam, ganz langsam drehte er den glänzenden Messingknauf zwischen seinen Fingern.

Er hatte sich nicht verändert, trug ebenfalls einen blauen Rock und weiße Kniebundhosen. Die Haartracht war dezent gepudert, das schmale Gesicht drückte Überraschung aus. Doch dann glitt sein Blick an Theda hinunter und blieb an ihrer Körpermitte hängen. Ein Ausdruck des Verstehens trat in seine braunen Augen und er wies Theda mit einer Handbewegung an, auf einem zierlichen

Stühlchen Platz zu nehmen. Fast beiläufig ließ er dabei den Türknauf in seiner Westentasche verschwinden.

»Wie wir sehen, hatte sie einen guten Grund die weite Reise bis nach Brühl zu machen. Verstehen wir die Situation richtig? Hat unser unbedachtes Handeln sie in Schwierigkeiten gebracht?«

Theda holte tief Luft.

»Das Kind ist das Eure und es sieht einer ungewissen Zukunft entgegen. In meinem Elternhaus kann ich unter den gegebenen Umständen nicht mehr bleiben, eine andere Möglichkeit sehe ich nicht. Wir werden verhungern müssen, wenn unser Fürst nicht einen Ausweg für uns kennt.«

Er nahm ebenfalls, auf einem nicht weniger filigranem, Stühlchen Platz und gab dem, jetzt wissend lächelndem, Mann in Blau ein Zeichen, er möge sich zurückziehen, was dieser auch augenblicklich mit einer leichten Verbeugung tat. Theda wartete ab. Was würde nun folgen?

»Sie weiß sicher, dass unsere Möglichkeiten begrenzt sind. Sie ist ein braves, aber einfaches Mädchen aus einfachen Verhältnissen. Nun trägt sie aber ein Kind unter dem Herzen. Ein Kind, für das selbstverständlich Sorge getragen werden muss.«

Theda spürte, wie Felsbrocken von ihrem Herzen abfielen. Alles würde gut werden. Der Zweifel, den Milan in ihr gesät hatte, verschwand. Es würde für sie und ihr Kind gesorgt werden. Theda spürte einen Anflug von Schwindel und sackte leicht zusammen. Für einen Augenblick schien die Welt um sie herum dunkler zu werden, und als sie sich wieder aufhellte, war er ganz dicht vor ihr und strich ihr mit seiner kühlen Hand über die Wange.

»Sie ist völlig erschöpft und muss sich ausruhen. Wir werden jemanden kommen lassen, der sie in eine Unterkunft bringt. Alles andere wird sich finden. Wir werden bald nach ihr rufen lassen, doch zunächst braucht sie

Ruhe.«

Theda hörte, wie er sich entfernte und mit einer weiteren Person sprach. Kurz darauf spürte sie den festen Griff schlanker Hände an ihrem Oberarm. »Komm, Kind. Du brauchst Ruhe und eine gute Mahlzeit. Komm mit mir.« Die Stimme gehörte einer Frau und war voller Freundlichkeit und Wärme. Gehorsam erhob sich Theda und ließ sich von der Fremden fortführen. Alles würde gut werden. Es würde für sie gesorgt.

Als Theda erwachte, lag sie zwischen Daunendecken in einem breiten Bett. Die schrägen Wände über ihr und das eher schmale Fenster über dem Waschtisch, durch das die Sonne hereinfiel, wiesen den Raum als Dachkammer aus. Theda streckte wohlig ihre Glieder und versuchte, die letzten Stunden zu rekonstruieren, doch es gelang ihr nicht so recht. Seit dem Moment, da man sie aus dem chinesischen Salon geführt hatte, war alles unwirklich und verschwommen, doch sie war sich darüber im Klaren, dass man sie am helllichten Tage wie ein kleines Kind ins Bett gesteckt hatte.

Das Licht, das jetzt zu ihr hereinfiel, hatte einen goldenen Farbton angenommen, die Schatten der wenigen Möbel waren lang und verrieten die späte Nachmittagsstunde. In Thedas Bauch grummelte es. Sie hatte Hunger. Mühsam erhob sie sich und stellte fest, dass sie nur noch ein leichtes Baumwollhemd trug. Über der Lehne eines Stuhls lag ein hellgrünes Baumwollkleid, welches nicht ihr eigenes war. Theda untersuchte es genauer und entdeckte zu ihrer Freude eine Schnürung zu beiden Seiten der Taille, welche eine variable Tragweite ermöglichte. Rasch schlüpfte sie hinein, probierte auch die niedlichen Schuhe aus weichem Leder und konnte ihr Glück kaum fassen, als sie sich in einem gegenüberliegenden Spiegel betrachtete. Sie sah entzückend aus und sie befand sich in sicherer Obhut. Alles würde gut werden, sagte sie sich erneut.

In diesem Moment öffnete sich die Zimmertür und eine zarte Frau, im Alter ihrer Mutter, erschien auf der Türschwelle. Sie hatte ein mildes Lächeln im hübschen Gesicht, trug das Haar aufgesteckt und die Kleidung einer Bediensteten.

»Wie ich sehe, geht es dir besser. Das ist schön. Sicher möchtest du jetzt etwas essen. Wir verfügen hier im kleinen Jagdschloss über eine eigene Küche. Komm mit mir, ich zeige dir alles.«

Theda folgte der freundlichen Fremden und ließ ihren Blick erneut über die ungewohnte Umgebung schweifen. Die Schlichtheit des Dachgeschosses verlor sich, sobald man die Räumlichkeiten des ersten Stocks erreichte.

»Das hier sind die Räumlichkeiten des Herrn. Man möchte meinen, er ist lieber hier, als im großen Schloss«, tat ihre Begleitung mit deutlich hörbarem Schmunzeln kund.

Theda glaubte das sofort. Dieses Gebäude passte zum Kurfürsten. Genau wie der Jagdstern nahe ihrem Heimatdorf zu ihm passte.

In der einfachen aber zweckmäßigen Küche wurde Theda an einen Tisch gesetzt und mit kaltem Braten und Traubensaft versorgt. Wohin sie auch blickte, Theda sah nur freundliche Gesichter. Mägde und Knechte kamen und gingen, nickten ihr freundlich zu und eine ältere Dame bat darum, ihre faltige Hand auf Thedas Bauch legen zu dürfen, um das Kindlein zu spüren. Niemand fragte nach dem Vater des Kindes, niemand fragte, was sie hier eigentlich tat. Ihre Anwesenheit wurde mit Gleichmut hingenommen und jeder schien bemüht, ihr ein Gefühl des Willkommenseins zu vermitteln.

Theda genoss ihr Mahl und gab sich kleinen Träumereien hin. Was, wenn sie hier bleiben konnte? Was, wenn der Kurfürst sein Kind in seiner Nähe haben wollte? Wäre das nicht großartig? Und nicht unmöglich? Hatte sie nicht von ähnlichen Konstellationen am französischen Hofe reden hören? Freilich mochten die Franzosen mit der Liebe und ihren Folgen leichtfertiger umgehen, als ein deutscher Kirchenfürst, aber war es nicht vielleicht doch denkbar?

Schon sah sie sich Sommers wie Winters durch den Schlossgarten wandeln, ihrem heranwachsendem Kind die Stelle zeigen, an der sie einst über die Mauer gesprungen war, als die freundliche Dame sie unvermutet ansprach: »Der Herr will dich sehen. Jetzt gleich. Es ist Besuch angekommen. Ein Graf mit seinem Sohn. Die beiden sind schon eine ganze Weile Gäste des Kurfürsten, doch hier im Jagdschloss hat er sie meines Wissens noch nie empfangen.«

Sofort verwandelten sich die Speisen in Thedas Mund in Asche und sie begann zu würgen. Sollte sich ihr Schicksal schon so bald entscheiden? Sie war doch gerade erst angekommen!

***

»Da ist sie ja! Sie möge hereinkommen, ich habe sie jemandem vorzustellen.«

Inmitten der farbenfrohen Tapisserien des Chinesischen Zimmers stand neben dem Kurfürsten ein Herr, der die bunten Wände mit Leichtigkeit überstrahlte. Über seinem kugelrunden Bauch spannte sich ein senfgelb und rot gestreifter Rock, die Beine steckten in roten Kniebundhosen. Auf dem ebenso kugelrunden Kopf saß eine voluminöse Perücke, deren Locken dem Herrn weit über den Rücken fielen. Er war weit über vierzig Jahre alt. Theda spürte, wie ihr die Farbe aus dem Gesicht fiel. Sollte sie etwa mit diesem alten Mann verheiratet werden?

»Freiherr von Lohsen ist unser werter Name. Lass dich ansehen, Kind«, sagte der Dicke und verzog die nassen Lippen zu einem Lächeln.

Theda knickste ungeschickt und wusste nicht, was zu tun war. Sah er sie nicht schon an?

»Der Freiherr besitzt ein großes Gut und weite Lände-

75

reien im Osten«, sprach der Kurfürst. Sein Ton war wie immer warm und freundlich, doch Theda stand festgewurzelt da, unfähig zu lächeln oder auch nur anerkennend zu nicken. Das durfte einfach nicht sein Ernst sein.

»Auf meinem Gut gibt es Kühe, Hühner, Pferde, einfach alles, was es braucht. Da muss ein Mädchen auch mal zupacken können. Kannst du zupacken?«

Theda nickte. Darauf lief es also hinaus. Selbst als Frau eines Freiherrn würde es jede Menge Arbeit für sie geben. Nun, arbeiten konnte sie. Einen kurzen Moment dachte sie voller Sehnsucht an Milan, wie er jonglierend auf dem Marktplatz gestanden hatte und sie, das Körbchen mit den Gaben im Arm haltend, ihm dabei zuschaute. Typisch, schalt sie sich. Kaum rückt das eine in greifbare Nähe, vermisst man das andere.

»Die Ländereien sind größtenteils verpachtet und meine Pächter begegnen mir stets mit Hochachtung.«

Theda nickte erneut. Sie würde auch repräsentieren müssen, einen Stand wahren. Das würde ihr schon schwerer fallen. Dazu war sie nicht erzogen worden.

»Es ist recht schwierig, in unserer ländlichen Gegend eine passende Partie für meinen Jungen zu finden und es ist uns sehr angenehm, dass sich dies nun auf diesem Wege regelt.«

Sohn? Hatte er wirklich Sohn gesagt? Thedas Blick klärte sich, ihre Lebensgeister kehrten mit einem Schlag zurück. Mit weit aufgerissenen Augen starrte sie den Dikken und den Kurfürsten an, die beide breit lächelten.

Theda spürte Erleichterung. Er hatte wirklich Sohn gesagt. Das war doch gleich viel besser.

»Johann? Leg das Buch aus der Hand und komm zu uns. Hier geht es schließlich um die junge Generation.«

Aus dem hinteren Bereich des Salons löste sich eine Gestalt und trat gemessenen Schrittes näher. Theda hatte ihn bis zu diesem Moment schlichtweg übersehen. Jetzt fixierte sie Johann und ihre Erleichterung schlug in Ernüchterung um.

Johann war in etwa so groß wie sie selbst, eventuell sogar etwas kleiner. Obwohl er auch kaum älter als sie sein konnte, hatte er bereits den Körperumfang seines Vaters erreicht, vermochte jedoch sich dezenter zu kleiden. Anstelle einer Perücke trug er sein eigenes Haar in Wellen gelegt und im Nacken zu einem kurzen Zopf gebunden. Sein Gesicht war rosig und rund und seine hellen wässrigen Augen erinnerten Theda an die eines Ferkels.

Wortlos starrten sie einander an. Auch die beiden Herren sprachen kein Wort.

»Sie sollten einander kennenlernen«, schlug in diesem Moment der Kurfürst vor. »Ein Spaziergang durch den Garten könnte hilfreich sein.«

»Vorzüglich, vorzüglich«, stimmte Freiherr von Lohsen zu und rieb sich die Hände. »Geht Kinderchen, geht. Lernt euch kennen. Die Erwachsenen werden derweil zusammen ein Glas Wein trinken oder auch zwei.«

Theda stellte mit einer gewissen Befriedigung fest, dass es jetzt der Kurfürst war, dessen Gesicht den Ausdruck eines Menschen annahm, der sich in sein Schicksal ergab.

Geschieht ihm ganz recht, dachte Theda und biss sich auf die Lippen. Ich muss schließlich mit einem Ferkel spazieren gehen. Warum soll ich als Einzige unter meinem Fehltritt leiden?

Johann reichte ihr den Arm und sie ergriff ihn ohne jede Begeisterung.

Gemeinsam verließen sie den Salon.

***

»Unsere Interessen sind breit gefächert. Spielt sie Schach, oder kann sie reiten?«

Theda unterdrückte mühsam ein genervtes Augenrollen. Wollte er sich wirklich auf diese Art mit ihr unterhalten? Wofür hielt der Bengel sich, für einen großen Herrn? Sie jedenfalls würde dabei nicht mitmachen.

»Nein, ich spiele kein Schach und ich reite auch nicht. Kannst du nähen?« Sie legte die gesamte Betonung auf das du und schritt mit hochgerecktem Kinn kräftig aus. Unter ihren Schuhen knirschte der feine Kies. In den Bäumen sangen die Vögel ihr Abendlied und die Rosen verströmten einen schweren Duft. An der Seite eines richtigen Mannes wäre es ein perfekter Abend gewesen, doch in Begleitung dieses Kindskopfes wurde er zur Farce.

»Dann kann sie hoffentlich wenigstens Klavier spielen, singen oder lesen. Sonst wissen wir wirklich nicht, was wir mit ihr anfangen sollen.«

Was für eine Unverschämtheit.

Seine herablassende Art trieb Theda fast zur Weißglut. Sie blieb abrupt stehen und sah Johann in sein feistes Gesicht. »Wie alt bist du eigentlich?«

Johann seufzte gespielt. »Hat sie denn gar kein Benehmen gelernt? Nicht einmal sprechen?«

Theda schwieg und starrte ihn finster an. Sie wartete, offenkundig für ihn, auf eine Antwort. Daraufhin streckte sich Johann und zog den Bauch ein.

»Neunzehn. Wir sind soeben neunzehn geworden.«

Theda verbiss sich ein Lachen. Dann sagte sie: »Neunzehn, ja? Wohl kaum, denn sonst wüsstest du, was du mit mir anfangen könntest.«

Mit einer gewissen Befriedigung beobachtete sie, wie Johann rot anlief und sich am eigenen Speichel verschluckte. Er hustete verhalten in ein spitzenbesetztes Taschentuch. Neunzehn, pah. Sie wurde sich immer sicherer, dass Johann deutlich jünger war. Vermutlich jünger als sie selbst.

»Wenn sie meint, sich so aufführen zu müssen, wird keine noch so hohe Mitgift des Kurfürsten eine Ehe mit ihr rechtfertigen«, spie Johann aus und sah sie wütend an.

Theda zuckte zusammen. Der Kurfürst würde für ihre Hochzeit bezahlen? Sie schalt sich selbst eine dumme Gans. Natürlich würde er dafür zahlen müssen, sie und seinen Bastard standesgemäß unterzubringen. Und sie, Theda, tat gerade alles dafür, um diese Großzügigkeit mit Füßen zu treten. Hatte sie etwa vergessen, dass ihr gar keine Wahl blieb? Ja, das hatte sie tatsächlich. Für einen Moment hatte sie dies vergessen. Sie räusperte sich und suchte nach den richtigen Worten. Sie entschied, dass nur eine Entschuldigung, die Situation retten konnte.

»Verzeiht mein ungebührliches Benehmen. Es ist die Schwangerschaft, die mich reizbar macht«, presste sie hervor und hoffte, dass Johann das Thema Schwangerschaft zu heikel finden würde. Sie behielt recht, denn er wechselte flink das Thema.

»Hat sie eine Schule besuchen dürfen?«

»Mir wurde alles beigebracht, was ich für mein Leben brauche, vielen Dank«, antwortete Theda und bezweifelte ihre eigenen Worte augenblicklich. Ihre Eltern waren davon ausgegangen, dass Theda einmal dem Haushalt eines Bauernhofes vorstehen würde. Auch sie hatte das geglaubt. Von Pächtern und einem Adelstitel war dabei natürlich nie die Rede gewesen.

Johann zweifelte ebenfalls an ihren Worten, wie seine nächster Kommentar verriet. »Ist sie wenigstens katholisch? Sie sollte das richtige Gesangbuch haben. Sicher ließe sich diesbezüglich wohl noch etwas ändern.«

Theda seufzte schwer. Dieses Gespräch, dieser Junge an ihrer Seite, das alles empfand sie als eine Zumutung. Wäre sie nur ein paar Jahre jünger, würde sie sich einfach mit Johann prügeln, aber diese Zeiten waren vorbei und würden nie zurückkehren.

Acht

In Thedas Dachkammer war es heiß und stickig, als sie bei Anbruch der Dämmerung dahin zurückkehrte. Müde war sie noch nicht wieder. Sie hockte sich auf die Bettkante und versuchte, einen klaren Gedanken zu fassen, aber es gelang ihr nicht. Stattdessen stellte sich eine zunehmende Atemnot ein, als sie sich ihrer Lage mehr und mehr bewusst wurde. Man wollte sie allen Ernstes mit einem aufgeblasenen Jungen verheiraten!

Theda hatte das Gefühl ersticken zu müssen. Sie sprang auf die Füße und öffnete mit einem Ruck das schmale Fenster über dem Waschtisch. Die Kühle des anbrechenden Abends tat ihr gut. Grillen zirpten und der Wind ließ die Blätter leise rauschen. Alles wirkte so wunderbar normal. Warum konnte ihr Leben nicht auch so sein?

»Du hast es vermasselt, Theda«, sagte sie zu sich selbst und biss sich auf die Lippen. Eine Gänsehaut überlief sie und die hatte nichts mit der milden Abendluft zu tun. Für einen kurzen Moment dachte sie wieder an Milan, sah seine hellen Augen in dem dunklen Gesicht leuchten. Energisch schüttelte sie den Kopf. Milan und das Leben, was er ihr bieten konnte, waren keine Option. Selbst im Vergleich zu dem wohlgenährten Ferkel nicht. Zumal er nun fort war und sicher längst mit dem Zigeunerwagen über irgendeine Landstraße polterte.

Es hätte auch schlimmer kommen können. Zum Beispiel, wenn der Kurfürst ihr nicht geholfen hätte. Wenn sie sich mit ihrem Kind im Armenhaus wiedergefunden hätte. So, wie die Dinge lagen, würde sie an Johanns Seite zumindest niemals hungern oder frieren müssen. Oder doch? Sein Gut lag im Osten. Wie weit im Osten, hatte niemand erwähnt.

Theda hatte von den kalten Wintern im Osten gehört

und fühlte sich zunehmend unbehaglicher bei dem Gedanken an ein Leben in einer unwirtlichen Gegend.

»Sei nicht albern«, flüsterte sie. »So fett, wie die beiden waren, kann es dort gar nicht so schlecht sein.«

Die kühle Abendluft streichelte ihr Gesicht und ließ die Temperatur in ihrer Kammer noch unerträglicher erscheinen. Theda fasste einen Entschluss.

Auf Zehenspitzen verließ sie die Dachkammer wieder und schlich sich die Stiege hinunter. Nach ein paar Minuten stand sie draußen vor dem Jagdschloss und atmete lange und tief. Was für eine wundervolle Sommernacht. Sie beschloss, für eine Weile nicht an Johann und eine Zukunft mit ihm zu denken. Stattdessen würde sie diesen Augenblick genießen, denn er würde nie wieder kommen.

Fledermäuse tanzten zwischen den Hecken. Theda sah ihnen zu und flanierte gemächlich durch die schönen Gärten. Es war eine herrliche Nacht. Über ihr erstrahlten Mond und Sterne und tauchten den Weg vor ihr in ein weißes Licht. Theda hatte das Gefühl, ewig so dahin gehen zu können. Da presste sich plötzlich eine starke Hand auf ihren Mund.

Theda erstarrte augenblicklich vor Schreck. Sie hatte niemanden kommen hören und auch nicht sonderlich darauf geachtet. Nicht einen Augenblick lang hatte sie darüber nachgedacht, ob der Park des Kurfürsten sicher war. Aber wenn sie über eine Mauer hier eindringen konnte, warum dann nicht auch ein anderer?

»Leise, Theda leise. Ich bin es nur.«

Beim Klang seiner Stimme verlor sich ihre Furcht im Nichts. Sie hatte nicht geglaubt, ihn noch einmal wiederzusehen. Als er die Hand von ihrem Mund nahm, fuhr sie herum, um ihn anzusehen. Milan lächelte. So, wie er gelächelt hatte, wenn sie sich eine Liedzeile nicht hatte merken können. Seine zarte Gestalt warf im Mondlicht einen perfekten Schatten auf den Kiesweg.

»Na, kleines Mädchen, habe ich dir gefehlt?«

Anstelle einer Antwort fiel sie ihm um den Hals und sog wieder den Geruch von Gänseblümchen ein. Jetzt lachte er.

»Mit einer so stürmischen Begrüßung habe ich gar nicht gerechnet.«

Theda trat einen halben Schritt zurück, um ihn ansehen zu können.

»Was machst du überhaupt hier?«, fragte sie ein bisschen atemlos.

»Ich bin einfach zu neugierig. Ich wollte unbedingt wissen, wie es dir ergangen ist. Dass man dich nicht einfach wieder vor die Tür gesetzt hat, konnte ich mir ja denken, denn sonst wärst du doch wohl zu uns zurückgekehrt? Das wärst du doch, nicht wahr?« In seiner Frage schwang ein leicht flehender Unterton mit. Da begriff Theda.

»Du hast fest daran geglaubt, dass man mich von hier verjagen würde, nicht wahr? Du bist davon ausgegangen, dass ich reumütig zu eurem Lager zurückkehre. Du hast auf mich gewartet, anstelle weiter zu ziehen.«

»Ich bin ganz langsam zurückgegangen, damit du mich sogar noch einholen kannst. Es ist nicht selbstverständlich, dass ein hoher Herr für seinen Fehltritt die Verantwortung übernimmt.«

»Du hast sogar gehofft, dass sie mich rauswerfen würden!«

Er rang die Hände und Theda wusste, dass was immer er jetzt sagen würde, nur eine lahme Verteidigung sein würde. Und so war es.

»Wir hatten noch nie so eine hübsche Fracht wie dich durch das Land zu schaffen. Ich fühle mich irgendwie für dich verantwortlich, ich ...« Weiter kam er nicht. Theda schloss ihm den Mund mit ihren Lippen und für einen kurzen Moment war die Sommernacht perfekt. Nach einem schier endlosen Kuss, löste sie sich von ihm. Damit war alles zwischen ihnen gesagt. Theda spürte wieder diese Leichtigkeit. Ja, das musste Liebe sein.

Ein albernes Kichern entfuhr ihr.

»Und wie geht es jetzt weiter?«, flüsterte Milan und sah sie liebevoll an, während er ihr eine Haarsträhne aus dem Gesicht schob. Thedas Hochgefühl schwand so schnell, wie es gekommen war.

»Gar nicht«, flüsterte sie. »Es kann gar nicht weitergehen.« Sie hakte sich bei ihm unter und schlenderte mit ihm durch den dunklen Park, vorbei an plätschernden Brunnen und duftenden Nachtblumen. Dabei erzählte sie ihm von Johann und seinem Gut irgendwo im Osten. Milan neben ihr versteifte sich immer mehr. Seine Stimme klang hölzern und mühsam beherrscht, als er schließlich sagte: »Das kannst du nicht ausschlagen, Theda. Auch, wenn dieser unreife Junge auf dich noch so abstoßend wirkt. Er kann dir ein Leben in Sicherheit garantieren.«

»Das kannst du doch auch«, flüsterte Theda, hängte sich stärker an ihn und wusste im gleichen Augenblick, dass es nicht stimmte.

»Jeden Tag an einem anderen Ort? Nie wissend, wo die nächste Mahlzeit herkommt? Nein, Theda. Das ist kein Leben und schon gar nicht für dich und dein Kind.«

Theda musste ihm widerwillig recht geben. Selbst wenn sie sich mit dem Leben im Zigeunerwagen arrangieren würde, was sie ihrem Kind damit an Chancen nahm, war unverzeihlich.

»Ich liebe aber dich«, flüsterte sie und spürte, wie ihr die Tränen über die Wangen liefen. Milan blieb stehen und küsste sie zart auf die Stirn. »Ich liebe dich auch. Und genau deswegen wirst du diesen Johann heiraten und ein glückliches Leben führen.«

»Wie kann ein Leben ohne Liebe, ohne dich, glücklich sein?«, stieß Theda hervor und warf sich in seine Arme.

Er strich ihr zärtlich über den Rücken. »Das wird wieder, Theda. In ein paar Jahren wirst du mich vergessen haben.«

Sie roch seinen Duft von Gänseblümchen und wusste, dass er sich irrte. Jede Sommerwiese, über die sie in ihrem Leben noch schritt, würde die Erinnerung an ihn zurückbringen.

Milan seufzte. »Ich hätte nicht herkommen dürfen. Ich habe es für dich und mich nur noch schwerer gemacht. Verzeih!«

Er machte Anstalten sich von ihr zu lösen, doch Theda klammerte sich an ihn. »Bleib bei mir, bitte! Bleib bei mir. Wir werden einen Weg finden.«

Doch er machte sich sanft aus ihrer Umklammerung los, lächelte ihr noch einmal traurig zu und schlug sich dann seitlich in die Büsche.

»Milan!«

Als sie ihn das nächste Mal sah, saß er schon rittlings auf der Gartenmauer. »Viel Glück, kleines Mädchen.« Mit einem eleganten Sprung war er hinter der Mauer verschwunden.

***

Theda rannte, blind vor Tränen, den Weg zurück zum kleinen Jagdschloss. Der Kies spritzte bei jedem ihrer Schritte, doch das störte sie nicht. Erst, als sie mit jemandem zusammenstieß, kam sie wieder zu sich.

»Verzeihung«, murmelte sie erstickt und wollte weiterlaufen, doch sie wurde an der Schulter zurückgehalten.

»Es ist fast wie damals. Doch heute sehen wir Tränen auf ihrem Gesicht.«

Theda blieb stehen und zwang sich zur Ruhe. Unter Tränen lächelte sie ihren Kurfürsten an.

Er sah genauso aus, wie in jener Nacht auf dem Jagdstern. Er war ein gut aussehender Mann, den wieder ein Hauch von Traurigkeit umgab. Sie hatte ihn wohl nicht schlafen lassen und des Nachts vor die Tür getrieben. Doch heute Nacht würde es keine Sternschnuppen vom Himmel regnen. Nicht für sie.

»Sie bedeuten nichts, Herr. Tränen bedeuten nichts.«

»Doch, das tun sie immer. Was für einen Kummer hat sie? Wir möchten, dass sie uns davon erzählt.«

Zuerst wollte Theda nicht. Doch sein Blick lag auf ihr, klar und freundlich, und da brach es aus ihr heraus. Sie erzählte ihm von allem, was sie in den letzten Wochen erlebt hatte. Von der Ablehnung, die ihr und ihrem Kind daheim entgegen geschlagen war, von der Reise mit den Zigeunern und von Milan. Als sie schließlich geendet hatte, hatte sie kaum noch genug Kraft, sich auf den Beinen zu halten. Galant reichte er ihr den Arm und schritt mit ihr zurück zum Jagdschloss.

Sie spürte die Wärme seines Körpers neben sich.

»Sie soll sich nicht fürchten. Wir werden sie gut verheiraten. Schon in drei Tagen soll sie als glückliche Braut in unserer Schlosskapelle getraut werden.« Schon in drei Tagen? Und wie, um Himmels Willen, sollte sie das glücklich machen? Hatte er ihr nicht zugehört? Sie liebte Milan! Einen armen Zigeunerjungen! Einen Menschen ohne Heim und Zukunft! Und doch hätte er sie glücklicher machen können, als es der junge von Lohsen jemals vermögen würde.

»Ich glaube nicht, dass ich Johann von Lohsen lieben lernen kann«, flüsterte sie und schlug die Augen nieder.

»Es wird sich alles zum Guten wenden«, erwiderte er und Theda hätte schwören können, dass er belustigt klang. Verstört runzelte Theda die Stirn. Der Kurfürst strich ihr mit dem Daumen die Falten glatt und lächelte. »Sie soll Vertrauen in uns haben. In drei Tagen ist sie eine glückliche Frau.«

Neun

»Huhu! Bist du wach, meine Liebe? Rasch aus den Federn, es gibt so viel zu tun.«

Nur mühsam fand Theda zurück in die Wirklichkeit. Das warme Federbett, die weißgetünchten Wände, das alles erschien ihr im ersten Moment so falsch. Doch dann erinnerte sie sich daran, wo sie war und blickte zur Tür ihrer Dachkammer.

»Öffnen bitte, ich habe die Arme voller Schätze!«

Es war eine fremde Frauenstimme, die dort von der anderen Seite der Tür bis zu ihr durchdrang. Theda sprang aus dem Bett und riss die Tür auf. Vor ihr stand eine kleine, zierliche Frau, die ihre roten Locken zu einem seltsamen Gebilde auf der Mitte ihres Kopfes zusammengesteckt hatte. An beiden Armen hingen große Körbe voller leuchtender

Stoffe, buntem Garn und teurer Spitze. »Ich bin Liesbeth, deine Schneiderin. Und wenn ich mir dich so angukke, so habe ich gerade mal drei Tage Zeit, um ein Wunder zu vollbringen. Wir brauchen ein Hochzeitskleid, nicht zu aufwändig. So, dass man es später problemlos zu einem Festtagskleid umarbeiten kann. Ferner ein Alltagskleid, strapazierfähig und variabel in der Taille. Das Zimmermädchen, dem dein grüner Fetzen gehört, möchte ihn alsbald zurück. Ach ja und hübsch soll es natürlich auch noch werden. Liebe Güte! Das Beste wird sein, wir fangen gleich an. Ich bin übrigens Liesbeth, sagte ich das schon? Ich bin die Schneiderin des Hauses. Hebe einmal die Arme, Kind, damit ich Maß nehmen kann.«

Theda hob gehorsam die Arme und informierte Liesbeth darüber, dass sie nicht »Liebes Kind«, sondern Theda genannt werden wollte. Liesbeth schloss die Kammertür derweil mit einem Fußtritt und rief:

»Mein liebes Kind, dein Haar ist wundervoll. Was hältst du von einer Kombination aus rosa und taubengrau für deinen Ehrentag? Du wirst bezaubernd aussehen, das verspreche ich dir.« Über eine Stunde schwirrte Liesbeth um Theda herum, nahm Maß, hielt Stoffe an und ließ Theda ihre Wahl bei Knöpfen und Spitzenbändern treffen. Zwischendurch gelang es ihr viele Fragen zu stellen, die Theda alle gehorsam beantwortete. Am Ende der Stunde war Liesbeth im Bilde.

»Eine unglückliche Liebesgeschichte, wie aufregend! Vielleicht solltest du lieber davonlaufen, was meinst du? Bestimmt wartet dein Herzallerliebster dort draußen, hinter der Mauer auf dich. Wäre das nicht wie im Märchen?«

»Das glaube ich kaum. Er will ja, dass ich diesen eingebildeten Schnösel heirate und meine Liebe zu ihm vergesse.«

»Kleines, du wirst ihn niemals vergessen. Leidenschaftliche Frauen wie du und ich vergessen ihre große Liebe nicht. Niemals«, antwortete Liesbeth mit dem Brustton der Überzeugung. Theda konnte nicht anders, als sie wundervoll finden. »Und das Kleine ist also ein Spross unseres Kurfürsten, ja? Na, dann wollen wir den Schatz standesgemäß verpacken. Wie wäre es mit blau und weiß?« Sie kicherte übermütig und Theda riss die Augen auf.

»Aber wäre es das nicht unangebracht, wenn ich in seinen Farben vor den Altar treten würde?«, fragte sie unsicher.

»Das wäre es in der Tat. Wir umgehen das Problem, in dem wir zwei Blautöne wählen, einen hellen und einen dunklen. Was denkst du?«

»Das klingt sehr hübsch.«

»Das klingt nicht hübsch, das klingt wundervoll! Lass mich nur machen. Ich mache dich zur schönsten Braut, du wirst sehen.«

***

Die Zeit, in der Theda Liesbeth Modell stand, verging jeden Tag wie im Fluge. Mehrmals täglich kam Liesbeth zu Theda, steckte ab, trennte auf und schaffte es nebenbei jedes Mal, Thedas Laune zu heben.

Doch wann immer Theda allein in ihrer Kammer saß oder durch die großen Gärten wanderte, ertappte sie sich dabei, dass sie unbewusst auf etwas wartete. Auf einen Tumult unter ihrem Fenster oder eine Gestalt, die über die Gartenmauer sprang. Doch nichts geschah. Milan kehrte nicht zurück. Auch die von Lohsens und der Kurfürst ließen sich nicht in Thedas Nähe blicken. Es war fast so, als würde die Zeit stillstehen. Doch das tat sie natürlich nicht. Unaufhaltsam näherte sich der große Tag, ihr Verhängnis.

Immer wieder grübelte sie auch über Jasmins Weissagung nach. Die richtige Entscheidung für ein sorgenfreies Leben musste sie selbst fällen. Hatte sie das getan? War es ihre Entscheidung gewesen, oder war sie zum Spielball anderer geworden? Theda kam es so vor.

***

Am Morgen des dritten Tages machte sich Liesbeth nicht einmal mehr die Mühe anzuklopfen. Sie rauschte herein, wie ein Unwetter, riss das Fenster auf und rief:

»Willst du wohl aufstehen, du faules Mädchen, wir müssen dich in eine Braut verwandeln!«

Theda wäre zu gern einfach liegen geblieben. Sie hätte viel darum gegeben, den von Lohsens nie mehr wieder zu begegnen. Stattdessen würde sie jetzt ihr Leben mit ihnen teilen, würde ihnen Gesellschaft leisten, sie auf dem Gut unterstützen und, das war wohl das Furchtbarste, sie würde Johann von Lohsen eine Ehefrau sein müssen.

Theda wünschte sich weit weg. Sie wünschte sich zurück an das Lagerfeuer zu Milan und seiner Familie. Doch es half nichts. Mit einer unerschütterlichen Energie zog Liesbeth sie aus dem Bett heraus und stellte sie auf die Füße.Dann breitete sie das fertige Hochzeitskleid vor Theda auf dem Bett aus.

Für einen Moment vergaß Theda ihr Elend. Das Kleid war wunderschön.

Liesbeth war nach anfänglichem Herumprobieren zu ihrer Ursprungsidee aus rosa und grau zurückgekehrt. Die verschiedenen Blautöne hatte sie stattdessen in Thedas Alltagskleid verarbeitet. Beide Kleider waren ein Traum. In der Taille mit farblich passenden Bändern zu schnüren und an den Säumen mit Spitze verziert.

»Liesbeth, das ist wunderschön«, flüsterte Theda und strich über den kostbaren Stoff. Eine Träne purzelte ihr über die Wange und Theda konnte gerade noch verhindern, dass sie auf das Hochzeitskleid fiel.

»Wirst du wohl nicht weinen! Die ganze Mühe war umsonst, wenn du mit verheulten Augen aus der Tür trittst! Dies ist ein Kleid für eine glückliche Braut, und wenn du das nicht bist, dann musst du zumindest mir zuliebe für eine Weile so tun als ob.«

Theda nickte gehorsam und schluckte krampfhaft.

»Und nun wollen wir dich ankleiden. Los, los. Der Bräutigam wartet schon.«

Liesbeth flatterte um Theda herum und nahm letzte Korrekturen vor. Endlich schien sie zufrieden zu sein.

»Perfekt. Einfach wundervoll. Alle werden Augen machen, wenn sie dich sehen. Lass mich noch rasch dein Haar aufstecken.«

»Alle? Wer sind denn alle?«

»Oh, der Kurfürst wird natürlich dabei sein. Außerdem der Bräutigam und ein paar Trauzeugen. Die hat der Kurfürst ausgesucht.«

»Aha«, machte Theda und ließ es sich gefallen, dass Liesbeth ihr die mit Perlen besetzten Nadeln über die Kopfhaut schrammte. Schließlich schien Liesbeth zufrieden zu sein.

»Ich geleite dich zur Kapelle. Am Eingang der Kapelle erwartet dich der Kurfürst. Er selbst möchte dich deinem Gatten übergeben. Und jetzt mach nicht so ein Gesicht, lächle ein bisschen. Ja, so ist es schon besser.«

Theda war nicht nach Lächeln zumute, aber Liesbeth zuliebe, wollte sie sich wenigstens bemühen. »Ich bin dir so dankbar, Liesbeth. Für alles. Wenn ich einmal eine Tochter habe, werde ich sie nach dir benennen.«

Liesbeth schnüffelte gerührt. Dann ergriff sie Thedas Hand und führte sie aus der Dachkammer.

Das Kleid raschelte und der Stoff strich um ihre Beine, als sie sich mit langsamen Schritten der Kapelle näherte. Am Eingang zu der kleinen, nahe dem Jagdschloss gelegenen Kapelle, stand er. Der Kurfürst. Gekleidet, wie zu einem Staatsempfang. Theda war gerührt. Seine Freundlichkeit war mehr, als sie jemals von ihm hatte erwarten dürfen. Sie konnte ihm dankbar sein, wenn da nicht dieser Wermutstropfen gewesen wäre. Der Tropfen namens Johann von Lohsen.

Galant reichte er ihr den Arm. Fast im gleichen Moment erklang im Innern der Kapelle Orgelmusik.

»Sie sieht bezaubernd aus. Ist sie bereit für diesen großen Moment?«

Theda wollte nicken, schaffte es aber lediglich ein Kopfschütteln zu verhindern. Doch der Kurfürst schien auch nicht wirklich auf eine Antwort gewartet zu haben. Stattdessen führte er sie durch das Portal des Gotteshauses über den Mittelgang auf den Altar zu.

Neben dem Altar stand die schlanke Gestalt eines Mannes und drehte sich nicht um.

Erstaunlich, dachte Theda, wie schmal Johann von hinten aussieht! Sie würde gut daran tun, ihn während ihrer Ehe meistens von hinten zu betrachten.

Da hatte sie den Altar erreicht, und als ein Pater in brauner Mönchskutte sie freundlich anlächelte, wagte sie es, einen kurzen Seitenblick auf ihren zukünftigen Gatten zu werfen und erstarrte.

Neben ihr stand Milan und grinste bis über beide Bakken. Sein Haar war gekämmt und glänzte. Er trug ein neues Hemd und vornehme Kniebundhosen. Theda fuhr herum und suchte den Blick des Kurfürsten. Auch er grinste und deutete eine leichte Verbeugung an. Theda konnte es nicht fassen. Ein Schwindel überkam sie und verwandelte sich in ein überschäumendes Glücksgefühl. Er hatte Wort gehalten, hatte sie zu einer glücklichen Braut gemacht.

Vor Freude und Erleichterung begann sie zu zittern und hätte fast die Stelle verpasst, an dem es an ihr war die Treue zu schwören. Sie heiratete Milan! Es kümmerte sie plötzlich nicht mehr, dass sie ihr Leben in einem Zigeunerwagen zubringen würde, dass sie ihrer Familie unter diesen Voraussetzungen nie mehr wieder unter die Augen treten konnte. Ja sogar die Tatsache, dass auch ihr Kind nun dazu verdammt war, ein Vagabundenleben zu führen, konnte ihr Glück nicht schmälern. Mit Milan an ihrer Seite würde sie jedes Abenteuer wagen.

»... bis dass der Tod euch scheidet.«

Es war vorüber. Theda hatte ihre eigene Trauung wie im Rausch zugebracht. Liesbeth war plötzlich neben ihr und umarmte sie, der Edelmann in Blau, der sie an ihrem ersten Tag im Schloss empfangen hatte, stand plötzlich vor ihr und lächelte ihr zu. Theda realisierte, dass er ihr Trauzeuge gewesen war. Milan drückte ihre Hand und strahlte mit ihr um die Wette und im Mittelgang stand, ruhig und gelassen, ihr Gönner.

Gerne wäre sie ihm um den Hals gefallen, doch das

gehörte sich in Anbetracht der Umstände gewiss nicht.

Stattdessen fiel sie Milan um den Hals.

Segenswünsche prasselten auf sie ein, während sie Arm in Arm die Kapelle wieder verließen. Theda erlebte all das wie in einem Traum. Plötzlich bemerkte sie eine mit Blüten geschmückte offene

Kutsche, vor die ein kräftiger Apfelschimmel gespannt worden war. Milan führte sie direkt auf das Gefährt zu.

»Wo kommt die Kutsche her?«, fragte Theda und ließ sich wie eine Puppe von Milan auf die weichen Polster schieben.

»Das Geschenk unseres Kurfürsten zur Hochzeit.«

»Großartig. Wenn wir ein Dach dafür zimmern, haben wir auf unseren Reisen ein eigenes kleines Reich«, entfuhr es Theda.

Milan lachte laut und schwang sich auf den Bock.

Da trat der Kurfürst selbst noch einmal an die Kutsche heran und ergriff ihre Hand.

»Wir wünschen ihr alles erdenklich Gute. Sie so glücklich zu sehen, macht uns froh.«

»Ich bin so unendlich dankbar für alles. Ich werde dies alles hier nie vergessen.«

»Sie soll dies zurücknehmen und gut verwahren. Es kann unter Umständen ihr oder ihren Kindern noch von Nutzen sein.« Mit diesen Worten legte er Theda den Messingknauf in den Schoß.

Seine Hand entglitt ihr, als Milan mit den Zügeln schnalzte und die Kutsche Fahrt aufnahm. Wie gelähmt, blickte Theda auf die winkenden Menschen zurück und sank erschöpft in die Polster, als sie ihrem Blickfeld entschwanden. Sie war jetzt Milans Frau. Sie würde Johann von Lohsen und seinen fetten Vater nie wieder sehen. Sie war glücklich.

Zehn

Viele Stunden lang ruckelte die kleine Kutsche über schlechte Straßen und Wege. Theda versuchte Milan zu entlocken, wohin ihre Fahrt eigentlich ging, doch der schwieg hartnäckig.

Zwischendurch machten sie Rast an einem Wirtshaus und Milan berichtete ihr, wie sich alles zugetragen hatte.

»Wir spielten am nächsten Morgen auf dem Wochenmarkt in Brühl. Plötzlich stand ein feiner Herr in der Menschenmenge. Wir erwarteten Schwierigkeiten, fürchteten verjagt zu werden und brachen die Vorführung ab. Als wir uns verdrücken wollten, war er plötzlich neben mir und legte mir eine Hand auf die Schulter. Dann fragte er mich, ob ich Milan sei und ob ich dich zu seinem Schloss gebracht hätte. Erst wollte ich lügen, aber dann habe ich ja gesagt. Dann bat er mich, dich zu heiraten, weil du mich lieben würdest. Er selbst hätte zu spät im Leben verstanden, wie wichtig es sei, dem eigenen Herzen zu folgen. Ich dachte, er sei verrückt geworden, aber schließlich sagte ich zu.«

Der Tod seines Freundes, dachte Theda. Womöglich hätte er in damals durch beherztes Eingreifen verhindern können. Man hätte das verbotene Duell ja nur an richtiger Stelle verraten müssen und von Roll wäre verhaftet und nicht erschossen worden. Doch als Freund hatte der Kurfürst nicht den Mut aufgebracht, den Freund zu seinem eigenen Wohl zu verraten. Eine schwerwiegende Fehlentscheidung.

Milan biss in eine Hähnchenkeule und nahm einen tiefen Schluck aus seinem Bierkrug. Dann sprach er weiter.

»Diese vornehme Kleidung hat er mir gestiftet, damit ich bei unserer Eheschließung einen guten Eindruck machen kann. Und auch das Geld für dieses Festessen hat er mir zugesteckt. Lang zu, Theda, sonst esse ich alles ohne dich auf.«

Theda griff halbherzig nach einer Hähnchenkeule. Sie hatte keinen Hunger. Zuviel war an diesem Tag geschehen. »Und wohin fahren wir jetzt? Fahren wir Viggo und deinen Geschwistern nach? Warum waren sie nicht bei unserer Hochzeit?«

»Zigeuner auf einer Hochzeit in einer Schlosskapelle? Wo denkst du hin?«

»Aber du bist doch selbst einer«, entfuhr es Theda. »Und ich jetzt auch. Milan, jetzt wird es wohl doch Zeit, dass du mir Jonglieren beibringst.«

Er beugte sich über den Tisch und küsste sie mit seinen fettigen Lippen übermütig auf die Wange.

»Alles zu seiner Zeit. Heute ist erst einmal Hochzeitstag.«

***

Der Tag war schon fast um, als sie ihr Ziel erreicht hatten. Die Abendsonne beschien den roten Backsteinbau eines kleinen Gehöfts, als Milan durch ein Tor bis auf den Hof fuhr. Dann ließ er das Pferd anhalten.

»Wer wohnt hier?«, fragte Theda müde und blickte sich um. Sie entdeckte einige Stallungen und eine Scheune. Kühe muhten träge, irgendwo klapperte jemand mit Milchkannen. Vertraute Geräusche, die Theda schmerzlich an ihre Familie erinnerten.

Statt einer Antwort, nahm Milan ihre Hand und zog sie hinter sich her. Ungestüm stieß er die Tür des Wohnhauses auf und rannte in die gute Stube. Alles war sauber und dabei spärlich, aber funktionell möbliert. Eine unheimliche Stille herrschte in dem Haus.

»Milan, würdest du bitte antworten? Wer wohnt hier?« Milan zog sie in seine Arme und küsste sie auf den Mund.

»Wir. Oder hast du ernsthaft geglaubt, der Kurfürst würde es dulden, dass sein Kind im Zigeunerwagen durch die Lande zieht?«

Theda erstarrte. »Aber das geht doch gar nicht. Er kann uns doch nicht einfach einen Hof schenken.«

»Tut er auch nicht. Jedes Jahr zahlen wir ihm einen Abschlag und das für noch ziemlich viele Jahre. Doch ist sein Kind erst einmal erwachsen, wird er Herr sein, in seinem eigenen Haus.«

»Oder Frau.«

»Was?«

»Na, es könnte auch ein Mädchen sein.«

»Ach so, ja. Was Gott verhüten möge. Einen Jungen können wir hier besser gebrauchen. Es gibt viel zu tun auf unserem Hof und wir können uns nicht viele Knechte leisten. Eine Magd gehört schon zum Hof. Höchstens eine weitere Arbeitskraft wird möglich sein.«

»Was ist mit deiner Familie? Die hat doch genug Platz hier und sie wären uns eine große Hilfe.«

Milan wurde ernst.

»Theda, mein Vater hat sich meinem Glück nicht in den Weg gestellt. Sicher werden sie uns einmal besuchen können. Nur nicht in der ersten Zeit. Was sollen denn die Nachbarn denken.«

»Sie sind ohne uns weitergezogen?«, fragte Theda und hörte die Enttäuschung in ihrer Stimme.

»Das Angebot des Kurfürsten galt nur mir. Viggo hat sich sehr für uns gefreut.«

Theda glaubte ihm. Doch sie spürte, dass sie beide einen Verlust erlitten hatten. Milan hielt sie noch fester.

»Viggo hätte es gar nicht ertragen, sesshaft zu sein. Sorge dich nicht um sie, Theda. Sie kommen zurecht. Die Frage ist, ob man das auch von uns sagen kann. Ich weiß gar nicht, ob ich zum Bauern tauge.«

Theda straffte die Schultern und schob das Kinn vor.

»Aber ich tauge zur Bauersfrau. Und wenn es sein muss, kann ich dir alles beibringen, was du zu wissen brauchst.«

Milan küsste sie lang und leidenschaftlich. Dann flüsterte er:

»Und als Gegenleistung bringe ich dir nachts in unserem Schlafzimmer das Jonglieren bei.«

***

Einige Monate später wurde Thedas Sohn geboren. Sie nannte ihn Clemens. Als sie und Milan einige Zeit später eine gemeinsame Tochter bekamen, erhielt diese den Namen Liesbeth.